Die toten Erben von Glenavon Castle

Das Geheimnis der Highlands

Mystischer Krimi von Ron Mc Gobha
Lektorat: Gisela Minna Bülow
Coverbild: Roman Schmidt

1. Auflage August MMXVII

Ron Mc Gobha

Herstellung und Verlag:
BoD - Books on Demand, Norderstedt
ISBN 978-3-7448-9350-3

Einführung

Das Herrenhaus und die umgebenden Ländereien waren schon seit Menschengedenken im Besitz der Earls of Glenavon. Oberhalb des Forest of Alyth, Richtung Blackwater Reservoir, lag das adelige Landgut. Die nächste, größere Ortschaft, hier in den schottischen Highlands war Alyth. Zurzeit residiert und verwaltet der 10. Earl das riesige, einsam gelegene Anwesen, das jedoch in der spärlich besiedelten Gegend keinen guten Ruf hatte . . . von Unheil und einem Fluch war die Rede, die dem Gemäuer zu unheimlichem Ruhm verhalf. Stimmen wurden laut, wie es der Eigentümer schaffte, bei der augenblicklichen, wirtschaftlichen Krise immer noch ein so feudales Leben führen zu können.

Woher waren die Gelder des adeligen Land - Lairds, denn die Parkanlagen, seine Angestellten und der Fuhrpark kosteten ein kleines Vermögen. Laird Fitzgerald Glenavon, der amtierende Earl schwieg zu den Gerüchten. Besaßen seine Vorfahren außer den Anteilen an einer kleinen Malt Whisky Distillery noch weitere Einnahmequellen? Es waren zweifellos Spekulationen. Viele Adelige waren in den letzten Jahrzehnten gezwungen, Teile ihrer Räumlichkeiten mit Mobiliar den Besuchern gegen Eintritt zu öffnen, teilweise sogar Übernachtungen anzubieten. Glenavon – Castle war und blieb Privatbesitz! Zutritt verboten!

Die Ehefrau des Earls, Countess Lady Amber Nic Clarington, war schon seit längerer Zeit nicht mehr in der Dorfkirche, im zehn Meilen entfernten Auchavan gesehen worden, obwohl sie früher keinen Gottesdienst auslieℓ. Es schien auf der Hand zu liegen, dass sie die Gelder mit in die Ehe brachte. Kinder waren dem Ehepaar versagt geblieben und man fragte sich in der Gemeinde, wer später einmal das Erbe des Earls antreten würde. Fitzgerald hatte nach dem Studium in der Army gedient und war lange Zeit in Indien, später auch in Europa stationiert.

Nun, im besten Mannesalter von 45 Jahren, wäre es noch nicht zu spät, für entsprechende Erben zu sorgen, dennoch wussten alle, dass seine Gattin, die Countess Clarington mit 55 Lenzen also zehn Jahre älter, nicht mehr mit einer Schwangerschaft dienen könnte, mit ihr waren keine Nachkommen zu erwarten.

Was war aus seinen vier Schwestern geworden? Eine war der Liebe wegen nach Canada übergesiedelt, die ältere wohnte irgendwo in Australien, die jüngste in den vereinigten Staaten. Was aus der anderen geworden war, entzog sich seiner Kenntnis. Vielleicht würde aus einem, dieser Zweige der Familie einmal ein neuer Spross die Ländereien verwalten?

Inspector Donald Mc Carpenter war von Edinburgh hierher versetzt worden, nachdem er sich mit einigen honorigen Geschäftsleuten der Princes Street überworfen hatte.

Man konnte ruhig sagen, dass er strafversetzt wurde.

Nach dieser Erfahrung wollte er nur noch Ruhe haben, nicht anecken. In der Einsamkeit der Highlands würde er nicht so viel zu tun haben, wie in der Hauptstadt.

Sein kleines Büro war in Spitta of Glenshee, sein angemietetes Cottage lag etwas abseits der A 93, die von Perth im Süden exakt nördlich nach Braemar und von dort im Winkel östlich nach Aberdeen führte.

Sein Assistent Ian Blackville war hier in der Gegend geboren und nicht weit von hier auch aufgewachsen. Obwohl hier jeder jeden kannte, wusste auch er nicht, wie viele Nachkommen der verstorbene 9. Earl of Glenavon hinterlassen hatte. So recht befassen wollte sich auch niemand mit diesem Familienclan.

Ian Blackville war mit seinen 25 Jahren noch etwas zu jung und unerfahren dafür, das Criminal investigation department der Außenstelle von Pitlochry alleine zu übernehmen.

Auch deshalb wurde der Inspector aus Edinburgh hierher versetzt, um den jungen Mann auf seine spätere Aufgabe vorzubereiten.   **Ron Mc Gobha**

Glenavon Castle

Das Wetter konnte hier, in den Highlands innerhalb von Stunden komplett umschlagen. Die Einheimischen pflegten dann zu sagen: „We have all seasons in one day!" Sie meinten damit einfach nur diese unberechenbaren, schnellen Wechsel zwischen Sonnenschein, Regen, Sturm, Nebel, Hagel und Schnee, das ganze Jahr über, oft auch im Sommer.

Touristen wurden als „wasserdicht" bezeichnet, wenn sie sich ein paar Tage in der hügeligen, unvergleichlich schönen Landschaft aufgehalten hatten. - „Now you are waterproof!" Ein solches Wetter war heute wieder, misty . . . Nebelfetzen verdichteten sich zu einer schier undurchdringlichen Suppe, als das Taxi mit der jungen Lady von der A93 abbog und im Schritttempo auf dem Singletreck seinen Weg suchte. Der Fahrer war ein solches Wetter gewohnt, auch wenn es heute mal wieder besonders schlimm zu werden schien, denn die Wetterlage versprach nichts Gutes. Immer, wenn der Wind aus nördlicher Richtung die eiskalte Seeluft von den Orkneys bis in die Highlands trug, sollte man am offenen Kamin sitzen, einen Malt in der einen, und ein Shortbread in der anderen Hand haben. Mit einem kurzfristigen Wetterumschwung war bis in die frühen Morgenstunden nicht zu rechnen. „Ist es noch sehr weit, Sir?" Die junge Frau hielt mit der rechten Hand ihre Tasche neben sich fest, während sie mit der linken am Fenstergriff Halt suchte, bis ihre Handknöchel weiß wurden. Sie wartete auf eine erlösende Antwort des Schotten, der konzentriert auf die unwegsame Straße starrte und dabei unentwegt hupte, bevor er in eine Kurve fuhr. Er konnte unmöglich einsehen, ob von der entgegengesetzten Richtung nicht ein anderer Fahrer ähnlich unterwegs war. Nach einer halben Stunde hielt er plötzlich an: „Ich darf hier nicht weiterfahren, Mylady, Private Ground!

Das Castle befindet sich eine Meile von hier in diese Richtung. Wenn der misty nicht wäre, so könnten Sie die hohen Mauern, die das gesamte Areal umschließen, schon von hier aus sehen." Er las die Summe an der Skala des Taxameters ab und drehte die Zahlen zurück. „Zehn Pfund, zweiunddreißig Pence, bitte!" Nachdem sie ausgestiegen war und der Koffer neben ihr stand, überkam sie ein mulmiges Gefühl. Schaute sie in die Richtung, die der Fahrer gezeigt hatte, so sah sie kurz und undeutlich in einiger Entfernung den abschüssigen Weg, der zu einer dicken Bruchsteinmauer führte, bevor die dichte Nebelwand, die man hier misty nannte, den Schleier wieder zuzog und ihr die Sicht wieder komplett genommen wurde. Ausgerechnet jetzt dachte sie an zuhause: „Bist du sicher, dass du alleine dorthin fahren willst? Onkel Fitzgerald ist ein, wie soll ich das sagen, also er wirkt auf den ersten Eindruck sehr abweisend und kühl!" hatte ihre Mutter gesagt, denn sie musste schließlich ihren Bruder am besten kennen. „Mam!" widersprach Anne genervt: „Wie alt bin ich jetzt?" Sie fühlte sich gegängelt, wenn ihre Mutter sie so fürsorglich und ängstlich belehrte.

Das Taxi wendete und die roten Schlussleuchten verblassten im Nebel. Sie stand alleine in der Einsamkeit, atmete durch, nahm entschlossen den Koffer und ging dem Kiesweg entgegen.

Der Taxifahrer würde sich später schwere Vorwürfe machen, die junge Lady nicht bis ans Tor begleitet zu haben, denn er war der letzte Zeuge, der sie noch lebend gesehen hatte.

Sie war nie im Castle angekommen. Und auch nur durch einen dummen Zufall kam dieser Vorfall überhaupt zur Sprache.

Es war im Devil`s Inn, wo der Taxifahrer von seinem letzten Reisegast schwärmte, einer hübschen, jungen Lady, die er an diesem unwirklichen, nebeligen Nachmittag zum Castle gebracht hatte und die ihm als attraktive Erscheinung im Gedächtnis geblieben war. Der anwesende Gärtner des Earls horchte auf, nahm sein Whisky-Glas und kam zu ihm.

„Von welcher Lady sprichst du denn da, Angus?"
„Heute Mittag hab ich sie aus Perth mit hierher gebracht. Ich war auf dem Rückweg vom Flughafen in Edinburgh, als sie an einer Bushaltestelle stand und mir anzeigte, mitgenommen zu werden. Warum fragst du so seltsam, du musst sie doch bei euch im Castle gesehen haben, Raonull!" Der Gärtner, ein knochiger, alter Highlander schüttelte sein ergrautes Haupt, nahm seine Kappe ab und kratzte sich hinter dem Ohr.
Dann murmelte er leise: „Ah hae mah doots!"
„Raonull, du weißt genau, dass ich kein gälisch spreche, was ist? Kennst du sie wirklich nicht? Sie ist zwischen zwanzig und fünfundzwanzig Jahre alt, " er schmunzelte: „…naja, über das Alter einer Lady spricht man nicht, ich weiß!"
Das Gesicht des Gärtners blieb regungslos und eher erstaunt antwortete er: „Wir hatten schon seit mehreren Monaten keinen Gast mehr. Und an eine Lady würde ich mich auch noch in ein paar Jahren erinnern. Du musst dich irren, Angus! Vielleicht hast du sie nach Pitlochry gefahren, zu deiner Lieblings-Distillery und verwechselst das jetzt!" Der Taxifahrer, nebenbei auch Briefträger, war dafür bekannt, das Lebenswasser sehr ausgiebig und in Fülle zu genießen, aber diese Unterstellung wollte er nicht auf sich sitzen lassen: „Ich irre mich nicht! Ich sehe noch ihr ängstliches Gesicht vor mir, als ich sie bat, auszusteigen und die paar yards zum Haupttor alleine zu gehen. Du weißt doch selber, dass man da vor dem Tor bei euch nicht mit dem Wagen wenden kann, wenn ihr das Eisengitter geschlossen habt!" „Aye, ich weiß! Der Earl will nicht, dass Fremde an den Mauern seines Castles herumschleichen!"
„Schön und gut, aber wo ist sie dann geblieben? Das ist ein Single-Treck! Da fährt kein Bus und die Lady mit ihrem schweren Koffer kann unmöglich die ganze Strecke zu Fuß zurückgegangen sein! Sie hätte wieder ein Taxi nehmen müssen und davon ist mir nichts bekannt!"

Auch der nette, junge Mann, der den Earl ein halbes Jahr später aufsuchen wollte, wurde zuletzt vom Gärtner gesehen. Da der Hausbesitzer noch in der Stadt war und Besorgungen tätigte, hatte der Angestellte ihm einen Tee und Gebäck von James, dem Butler auf der Außenterrasse servieren lassen. Danach war er in die weitläufigen Parkanlagen gegangen, bevor auch er spurlos verschwand, ohne jemals das Herrenhaus betreten zu haben. Raonull erinnerte sich sofort an das Gespräch im Devil`s Inn, das er mit dem Taxifahrer hatte. Sollte es wirklich möglich sein, dass vermeintliche Verwandte vor, im oder in der Nähe des Castles bei ihnen spurlos verschwanden? Sie müssten doch davon etwas mitbekommen, Schreie hören oder Fremde auf dem Anwesen treffen . . . aber nichts dergleichen war geschehen. Spurlos? Wie im Bermudadreieck? Ihn fröstelte bei diesem Gedanken und er dachte unweigerlich an seinen Großvater, der ihn beschwor, nicht alleine in die hügelige Landschaft vor ihrer Haustür zu gehen und das weitläufige Moorgebiet hinter den Parkanlagen des Castles zu meiden. Schon gar nicht bei Nebel oder in einer Vollmondnacht, denn dann kam er, der Teufel der Highlands – Diabhol as Gaidhealtachd . . . . Er holte sich alle verwirrten Seelen, die einsamen wie auch die geselligen, denn er machte keinen Halt davor und niemand wusste, nach welchen Kriterien die Menschen von ihm ausgesucht wurden, die danach spurlos verschwanden.

Keiner hatte ihn jemals zu Gesicht bekommen und doch redeten die Alten, wie die Jungen über ihn. Auch eine weiße Frau war immer wieder Gesprächsstoff. Sie erschien vereinzelt den Menschen, um ihnen Angst einzuflößen oder ein drohendes Unheil anzukündigen . . . .

Es schien jedoch hier der Deil, dieser wilde Teufel gewesen zu sein, der sie geholt hatte, aus welchen Gründen auch immer . . .

In diesem bisher aktuell letzten Fall war nur der Koffer zurückgeblieben und wurde sofort dem Constable übergeben. Aus dem Inhalt konnte dann die Crime Police ersehen, dass es sich hier um einen entfernten Verwandten, einen Neffen des Earls handelte. Jamie Mc Stephans war sein Name. Die Mutter hatte ihren späteren Mann tatsächlich erst in Amerika kennengelernt und verwundert festgestellt, dass er in ihrer Heimat auf dasselbe College wie sie gegangen war.

„Da reist man in die Ferne und trifft hier auf Landsleute!"

Hatte sie gescherzt. Aus diesem Scherz wurde eine Liebesehe, die drei Söhne und zwei Töchter hervorbrachte. Leider verstarb ihr Mann nach zehn Jahren Ehe und sie musste die Kinder in der Fremde alleine großziehen. Immer wieder hatte sie ihrem Nachwuchs von den wunderbaren Ländereien vorgeschwärmt, bis der älteste, Jamie sich endlich bereit erklärte, nach seinem abgeschlossenen Studium in die Highlands zu reisen. Insgeheim dachte er dabei an eine finanzielle Unterstützung seines Onkels, um endlich nach Malaysia reisen und dort eine Weile leben zu können.

Als Hugh, der kleinere Bruder des Vermissten die vorab vereinbarte Nachricht von seiner Ankunft nicht erhalten hatte, glaubte er, dass Jamie nur eine kurze Stippvisite in den Highlands gemacht hatte, um dann seine lange ersehnte Reise zu unternehmen. „Ich werde nach dem Onkel schauen, denn Jamie ist bestimmt nicht mehr bei ihm!" sagte er und bestieg nach einer Woche den Flieger, der ihn nach Edinburgh brachte. Er wurde freudig empfangen, musste aber von dem Adeligen erfahren, dass sein Bruder zwar im Park gewesen war, sogar einen Tee und etwas Shortbread gegessen hatte, aber dann ohne seinen Koffer verschwunden war. Er war sicher weitergereist. Hugh hörte aufmerksam zu, um danach sein ganzes Geschick anzuwenden, um in seinem Onkel Fitzgerald den Vaterersatz zu finden, den er nie gehabt hatte.

Er verstand sich hervorragend mit dem alten Herrn und nach ein paar Tagen war er sich sehr sicher, sein Vertrauen zu gewinnen. Gestern Abend hatte er mit ihm im Rauchersaloon den Rest des 18jährigen Macallan getrunken. Er hatte ihn am Flughafen im Duty-free gekauft, denn in Scotland war der Preis unerschwinglich. Ein Malt in dem Alter war genau der richtige Geschmack für Onkel Fitzgerald, der dadurch sehr gesprächig wurde und von der Zeit schwärmte, als er zusammen mit seinen Schwestern in den Parkanlagen gespielt hatte. „Schade, dass es deine Mutter vorzog, sich in der Ferne diesem Nichtsnutz an den Hals zu werfen!"

Das waren beleidigenden Worte, die Hugh schwer trafen, aber er ließ es sich nicht anmerken. Schließlich wollte er jetzt mehr von ihm! Er wollte ihn beerben und machte auch keinen Hehl mehr aus der Sache: „Was wird eigentlich aus dem Landstrich, wenn du . . . also nicht böse sein Onkel, aber irgendwann müssen wir alle einmal gehen!"

Er war verwundert darüber gewesen, dass Fitzgerald, der große Earl of Glenavon, vor dem alle Angst hatten, dass dieser Mensch noch nicht einmal mit den Augen gezuckt hatte.

„Ich hab schon selbst darüber nachgedacht, Hugh! Mir blieb ja, wie du weißt, Nachwuchs versagt. Meine Amber hat mich verlassen, weiß der Himmel warum und wohin! Mein lieber Bruder, das Miststück hat sich ein morbides Leben ausgesucht. Er ist dem Rauschgift verfallen, musst du wissen, einem solchen Individuum kann man natürlich nicht die ganzen Ländereien, den Titel und das geschichtsträchtige Castle anvertrauen. Er lebt zu seinem eigenen Schutz in der Klinik und das ist auch besser so! Für ihn, für mich, für uns alle!"

Hugh schaute in den Garten, hinter dem sich der riesige Park anschloss. Er dachte dabei an Jamie, der sich einfach so, ohne seine Sachen aus dem Staub gemacht hatte . . . warum nur, ohne ihm etwas von seinen wahren Absichten zu sagen?

„Onkel? Darf ich dich etwas fragen?" Hugh stand hinter der Gardine und schaute in die Dunkelheit. Der Earl hob den Kopf. Er saß mit dem Rücken zum Fenster, legte das dicke Buch beiseite und wartete. „Hugh? Was willst du wissen?" Der junge Mann konnte den Blick nicht von dem kleinen, wandernden Irrlicht lassen, das sich weit hinten im Park bewegte. „Wa . . . was ist das?" Fitzgerad blieb in seinem wuchtigen Ledersessel sitzen. Die Stehlampe leuchtete auf das kleine Tischchen und vom Fenster aus hätte man nur erahnen können, dass hinter der hohen Rückenlehne eine Person Platz genommen hatte. „Der helle Punkt, da hinten! Ist das James? Sucht der was?" Fitzgerald nahm wieder das Buch, klappte es auf und fand schnell die Seite wieder, bei der ihn der Kleine gestört hatte. „Diabhol as Gaidhealteachd . . ." murmelte er und Hugh meinte, darin eine Frustration gehört zu haben. „Nie gehört! Was oder wer ist das? Wohnt der etwa auch hier?" „Hüte dich, bei Vollmond auf ihn zu treffen! Mit ihm ist nicht zu spaßen!" Er drehte sich sitzend zum Fenster: „Es ist doch wieder Vollmond, oder?" „Ja, schon. Aber was ist das?" „Ein Geisterwesen! Der Teufel aus den Highlands, weiß auch nicht, warum der ausgerechnet immer wieder in den Park kommt! Gewöhn dich daran, beachte meine Warnung und gib endlich Ruhe. Es gibt Dinge, die sollte man so belassen, wie man sie antrifft!" Während Hugh ungläubig nach dem Licht suchte, das nun verschwunden war, las Fitzgerald weiter in seinem Buch, als wäre nichts gewesen. „Ich werde diesem Wesen, was immer das auch sein mag, auf den Grund gehen!" dachte er, löste sich vom Fenster und ging zur Tür. „Gute Nacht Onkel!" Ohne noch einmal von dem Buch aufzuschauen, entgegnete der Earl, der seine Gedanken zu ahnen schien: „Nacht, mein Junge und lass die Finger davon! Du wirst dich verbrennen!" „Was meinst du Onkel?" „Tu nicht so! Ich kann dir ansehen, dass dir meine Antwort nicht gefällt! Lass es!"

Am nächsten Tag war alles vergessen! Alles? Bei weitem nicht! Hugh schmiedete Pläne. Er wollte die Sache ergründen, denn man hatte oft von Geistern erzählt bekommen, jedoch noch nie war einem ein solches Wesen begegnet und er wollte der erste sein, der aus eigener Erfahrung davon berichten könnte!

Jeden Abend schaute er von seinem Fenster in den nächtlichen Park, Vollmond hin oder her! Er wollte ihn sehen, diesen Deil, wie er auch von dem Earl genannt wurde. Der gälische Name war zu schwierig für ihn, den konnte er sich nicht merken.

Tage vergingen ohne ein Anzeichen, dass sich nächtens etwas im Park tat. Er befürchtete schon, dass ihm sein Onkel einfach eine Geschichte erzählt hatte, um ihn zu beruhigen.

Eine Geschichte? Eine alte Sage womöglich, die sich die Einheimischen bei Kerzenlicht erzählten, um sich zu gruseln? Hugh war enttäuscht. Wie sollte er herausfinden, ob da etwas anderes dran war? Er machte es sich zur Gewohnheit, in den Anlagen spazieren zu gehen, die Außenmauern zu erkunden und dann weckte endlich das alte Gästehaus am hinteren Ende sein Interesse. Hier könnte der Köhler wohnen oder der Jäger, der manchmal gesehen wurde, wenn er die Fallen absuchte. Vielleicht lebte aber auch nur ein Torfstecher hier, denn im angrenzenden muir wurde für die kalten Wintermonate immer wieder billiges Brennmaterial gestochen, zu kleinen Hügeln aufgeschichtet, damit sie trockneten und danach im Keller eingelagert. „Ich werde schon noch dahinter kommen", dachte er: „was es mit diesem dummen Geschwätz meines Onkels auf sich hatte! Es könnten auch Diebe sein, die hier ihre Beute versteckten. Aber der Earl als Hehler? Unvorstellbar! Naja, vielleicht gestohlene Malt Whisky Fässer aus der Distillery in Pitlochry oder der aus Dalwhinnie. Es war nicht das erste Mal, dass es bei unabhängigen Händlern eine „Sonderedition" gab, die neu abgefüllt, viel Geld einbrachte!"

„James?" Der Earl rief nach seinem Butler, denn Hugh war nicht zum gemeinsamen Frühstück erschienen.

„My Laird?" Der Hausdiener war die Treppe herunter geeilt, denn ihm war zuvor aufgetragen worden, einige Gegenstände vom Dachboden zu entfernen. „Sie haben nach mir gerufen?"

„James, hat mein Neffe Ihnen etwas gesagt, wo er heute Morgen so dringend hinwollte?" Ohne Zögern kam die Antwort des langjährigen Angestellten: „Nein My Laird! Ich weiß von nichts! Obwohl . . ." Fitzgerald drehte sich zu ihm um: „Obwohl was?" „Nun ja, er machte gestern Nachmittag so eine seltsame Bemerkung. Ich habe der keine Bedeutung beigemessen, aber jetzt?" Der Earl setzte sich: „Nun spucken Sie es schon aus! Was hat er Ihnen gesagt!"

„Er machte so eine Andeutung, er wolle in den Park gehen und sich mit dem Torfstecher unterhalten. Ich dachte dabei, dass es sich um einen Scherz handeln müsste, denn weder Raonull, unser Gärtner, noch Bridget haben etwas mit dem Torf zu tun. Das sind doch die einzigen, die da hinten im Gästehaus wohnen. Haben Sie ihm das noch nicht gesagt, My Laird?"

„Unsinn! Er hat beide schon kennengelernt, woher soll ich wissen, ob sie ihm gesagt haben, dass sie das Gästehaus bewohnen? Er wird doch nicht nach dem Deil gesucht haben?"

„Wie, My Laird? Ich verstehe nicht?"

„Nun, als er diese Irrlichter im Park sah, vor ein paar Tagen, da sagte ich ihm, dass manchmal der Diabhol as Gaidhealteachd dort herumwandeln würde . . . . das wird er doch nicht wirklich geglaubt haben?" Er schaute mit zerfurchter Stirn James an. „Ich weiß das nicht, My Laird. Wer weiß, was in ihm vorgeht? Er ist hier nicht groß geworden und kennt sich folglich mit den Geschichten, die man sich hier erzählt eben nicht aus."

„Ja und Sie? Glauben Sie daran?" James verbeugte sich: „Mehr als Sie, My Laird!" Er schloss die Tür und ging wieder auf den Dachboden, um seine unterbrochene Arbeit fortzusetzen.

Hugh war verschwunden, spurlos. Ohne ein Wort oder eine Nachricht, einfach so . . . verschwunden.

Weder der Gärtner, noch seine Ehefrau hatten ihn in den letzten Tagen zu Gesicht bekommen. Der Junge war gegangen, wie sein Bruder zuvor, ohne sich zu verabschieden. Ein mulmiges Gefühl beschlich den Earl, der sich daraus auch keinen Reim machen konnte. Hatte er das letzte Gespräch am Fenster nicht ernst genommen? War er womöglich in die gefährlichen Fänge des Diabhol geraten? Fitzgerald verschwieg die Unterredung, die den jungen Mann womöglich neugierig gemacht hatte. Natürlich blieb sein Verschwinden nicht verborgen, denn bald wurde im „Devil`s Inn" darüber debattiert, wie es sein könnte, dass sich diese seltsamen, unerklärlichen Vorkommnisse in der letzten Zeit auf dem Anwesen des Earls häuften.

So entstand zwangsläufig der Mythos, dass es im Castle Glenavon spuken würde und die gesamte Sippschaft verflucht sei und wohl nacheinander dahingerafft würde!

Weitere Monate vergingen und das mysteriöse Verschwinden von einzelnen Personen in dieser Region riss nicht ab. Gerüchte verbreiteten sich im ganzen Land, dass es Geister im Castle und Park des Landlaird gab, das Anwesen verhext sei oder die gesamte Sippschaft derer von Glenavon einem unheimlichen Fluch unterlagen. Man tuschelte und erinnerte sich an die Ausgrabungen in Ägypten, wo der Fluch der Pharaonen verhinderte, dass man sich einfach ungestraft in den Pyramiden bewegen konnte. War es hier ähnlich? Sollte eine geheime Kraft verhindern, dass sich Fremde hier einnisteten? Aber waren es wirklich alles Fremde gewesen! In den meisten Fällen hatte es sich doch, so munkelte man weiter, um entfernte Verwandte des Earls gehandelt.

Dann plötzlich, schien für ein paar Monate Ruhe eingekehrt zu sein, im Tal der Highlands.

Die Fälle waren unbedeutend, ohne einen konkreten Hinweis oder feste Anhaltspunkte konnte man noch keine Ermittlungen anstellen. Wo sollte man auch anfangen? Wen sollte man suchen? Bisher waren es immer nur Gerüchte gewesen.

So gerieten die Vorfälle in Vergessenheit und der Alltag kehrte wieder ein, nachdem länger Zeit nichts mehr geschehen war. Der normale Trott stellte sich ein: unspektakulär, bieder und undramatisch. Eine wahre Wohltat für die Bewohner.

Ungefähr zu diesem Zeitpunkt wurde der amtierende Inspector dieser Region überraschend mit erst 50 Jahren vorzeitig in den Ruhestand versetzt. Da der Assistent noch zu jung war, kam ein Kollege aus Edinburgh für ihn in die Außenstelle des Criminal investigation departments nach Spitta of Glenshee.

Inspector Donald Mc Carpenter.

Der Assistent, Ian Blackville, der die Gegend in den Highlands und seine eigenwilligen Bewohner sehr gut kannte, begrüßte den „Neuen" aus den Lowlands und hoffte auf eine gute Zusammenarbeit. Er ahnte zu diesem Zeitpunkt noch nicht, wie groß die Unterschiede wirklich sein würden, zwischen einem Highlander und diesem Carpenter, der zudem noch aus der Großstadt kam und mit anderen Methoden ermittelte und dem die hiesigen Gebräuche völlig fremd waren.

Er verstand noch nicht einmal ein einziges Wort Gälisch!

Wollten sich die Einheimischen über ihn lustig machen, so war das sprachlich ziemlich einfach zu bewerkstelligen, nur Ian, wenn er denn anwesend war, musste sich dann ein Lachen verkneifen. Schließlich durfte man seinen Vorgesetzten nicht öffentlich demütigen oder Scherze mit ihm treiben.

Jedenfalls nicht, wenn er das merken sollte.

Crime police

Es dauerte eine Ewigkeit, bis man in dem schlossähnlichen Herrenhaus auf sein Klingeln reagierte. Er war hartnäckig geblieben, denn es musste jemand da sein! Hinter einem Fenster im oberen Stockwerk bewegte sich eine Gardine fast unmerklich. Außerdem wurde das Anwesen seit gestern vom hiesigen Constable beschattet und daher wussten sie, dass seit dieser Zeit niemand das Haus betreten oder verlassen hatte. Endlich tat sich etwas. Es knisterte neben ihnen.

„Ja bitte? Sie wünschen, Sir?" Eine monotone, unfreundlich klingende, männliche Stimme krächzte aus dem kleinen, durchlöcherten Blech, dass neben der Klingel angebracht war. „Criminal investigation department! Wir haben ein paar Fragen an den Hausherrn, bitte lassen . . . !" Ein Knacken war die Antwort, das Gespräch war wortlos beendet worden.

Nach einer weiteren, gefühlten Ewigkeit summte der Öffner an der schweren Eichentür. Detective Blackville stemmte sich dagegen und mit sanfter Gewalt gab die Tür den Eingang frei. Nun standen sie in einer geschlossenen Vorkammer, die nach allen Seiten verglast war. Sie konnten in die Halle schauen, ohne sie betreten zu können. Eine Wand war bis zur Decke mit Blankwaffen jeglicher Art geschmückt. In der unteren Reihe hingen mehrere Familienwappen des alten Landadels.

Carpenter ahnte, dass es schwer werden würde, sich hier angemessen äußern zu können. Eine Treppe aus weißen Marmorstufen führte ins Obergeschoß, von dem aus jetzt ein älterer Mann herunter kam. Er trug eine schwarze Stoffhose und ein weißes Hemd mit gestärktem Kragen. Die längst gestreifte Weste und die weißen Handschuhe zeigten den Beamten, dass es sich um den alten Butler handeln musste, der für die Herrschaften schon sein Menschengedenken hier auf dem gräflichen Landgut beschäftigt war. Er ging betont

langsam und hielt ein Tablett mit der rechten Hand waagerecht balancierend vor seiner Brust. Als er vor der Glastür stand, musterte er die Gäste abfällig vom Kopf bis zu den Schuhen. Dann endlich öffnete er eine kleine Klappe, wie man sie vom Bahnschalter her kannte. „Der Earl mag es überhaupt nicht, wenn man ihn ohne vorherige Anmeldung so einfach überfällt. Wir leben in einem zivilisierten Land, oder nicht? Außerdem langt es, wenn man die Klingel einmal betätigt und nicht meint, sich penetrant mehrfach daran ergötzen zu müssen! Das ist hier mitnichten der Tower von London mit dem Big Ben!" Die beiden Beamten der Crime Police ertrugen oft schlimmere Schmähungen und Beleidigungen in ihrem Dienst. Das war dagegen noch recht harmlos. Donald verstanden nur nicht, warum dieser Mensch, der anscheinend einen Besenstiel verschluckt hatte, wortlos mit der freien Hand auf sein leeres Tablett zeigte. Deshalb stellte er sich vor und versuchte damit freundlich sein Glück: „Chief Inspector Mc Carpenter, mein Assistent Detective Blackville, wir wollten . . . "
Die hochgezogenen Augenbrauen und das Kopfschütteln zeigten ihm jedoch, dass er etwas anderes erwartete, aber was? Carpenter wollte nachfragen, als ihm der Diener zuvor kam.
„Ihre Visitenkarten oder Ausweise, was auch immer zu ihrer Identifizierung beitragen könnte . . . . . durch die Klappe, bitte! Der Laird wird dann entscheiden, ob er gewillt ist, Ihnen . . ."
Jetzt war es Carpenter, der diesen überdrehten Menschen in seine Schranken verwies, denn er kannte dieses übertriebene Gehabe aus der Großstadt nicht. Dass es ein Fehler war, ohne Respekt und Anstand so mit dem Adel umzugehen, würde sich noch bitter rächen. „Entschuldigen Sie, dass wir hier so einfach hereingeplatzt sind. Wir machen nur unsere Arbeit und wollen mit solchen unnützen Floskeln nicht den ganzen Tag vertrödeln." Er schaute seinen Assistenten auffordernd an, dann drückten beide ihre Dienstausweise gegen die Glasscheibe.

„Morgen Vormittag 9.ooh auf dem Präsidium. Sagen Sie das Ihrem Laird oder Earl, oder wie immer er angeredet werden möchte, guten Tag." Er drehte sich noch einmal um, während dem Butler das Kinn herunterglitt. „Und er soll pünktlich sein, sonst kommen wir wieder, dann stellen wir sein Castle auf den Kopf, denn es geht um Mord! Kommen Sie, Ian, wir fahren. Ich hab Besseres zu tun, als mich hier gedemütigt wie ein chancer behandeln zu lassen!"

Die schwere Eichentür fiel wieder ins Schloss, bevor James, der Bedienstete reagieren konnte. „Ein chancer"? Was ist das?" fragte Ian und Mc Carpenter lächelte: „Das hab ich mal im Hafengebiet in einem Pub von einem Matrosen aufgeschnappt! Das ist ein Schimpfwort, oder nicht?" Der Detective schüttelte den Kopf: „Sie können doch nicht allen Ernstes ein Wort in den Raum schmeißen, dessen Bedeutung Ihnen fremd ist! Das nächste Mal sagen Sie einfach gobshite oder gobaire, das bezeichnet einen Mann, der unnützes Zeug schwätzt!"

Als die Tür zugefallen war, drehte sich der Butler um und schaute nach oben, wo der Earl, eine gepflegte Erscheinung in den besten Jahren, am Geländer stand. Er schlug seinen Seidenmantel zu und verknotete den Gürtel: „Wer waren die Herren, James?" Der Butler antwortete nicht, denn er durfte niemals laut rufen, wenn sein Dienstherr in der Nähe war. Also schritt er die Treppe wieder herauf und berichtete in seiner besten Formulierung, dass die Beamten ihn soeben für den nächsten Tag aufs Amt bestellt hätten. Der Earl, Landlaird Glenavon nickte: „Sonst nichts?" James verbeugte sich: „Sie kommen aus Spittal of Glenshee. Es waren Männer des Criminal investigation department und sie sprachen von Mord, My Laird!" Der Earl of Glenavon lächelte: „Danke, Sie können sich zurückziehen!" Dann ging er in sein Arbeitszimmer und wählte die Nummer der Anwaltskanzlei, die seine Vorfahren schon seit Jahrzehnten in allen rechtlichen Fragen beriet.

Im Büro der Crime police

„Hamilton, Dr. Hamilton, jr. von der Kanzlei Walker u. Sons. Ich komme in Vertretung meines Mandanten, Laird Glenavon. Hier ist meine Vollmacht . . ." Detective Blackville nahm das dargebotene Schreiben, forderte den Anwalt auf, sich zu setzen und ging zum Büro seines Vorgesetzten. „Was ist, Ian? Ist unsere Lordschaft endlich anwesend? Schließlich ist er schon eine halbe Stunde über der Zeit." Blackville schüttelte den Kopf: „Ich fürchte, ich habe unsere Wette verloren! Sein Anwalt ist hier!" Er gab ihm die Vollmacht und wartete, bis Carpenter sie gelesen hatte. „Gut, wenn das so ist . . ." sagte er, zog sein Jackett an, das über der Rückenlehne des Bürostuhls hing und folgte seinem Assistenten über den Flur. Als sie gemeinsam das Zimmer betraten, erhob sich der Anwalt und hielt dem Chief seine Hand entgegen. Carpenter übersah die Geste und legte gleich los: „Das ist eine offizielle Vorladung und dieser adelige Herr hält das alles nur für einen Spaß?"
„Sir, ich muss doch sehr bitten! Sie sprachen von einem Mord, das war doch genauso ein Witz! Nennen Sie mir den Grund dafür, warum sich Earl Glenavon hier . . . . " er schaute sich mit gerümpfter Nase in dem spärlichen Büro um: „ . . . warum und wofür er sich hier erklären sollte?"
Carpenter setzte sich auf den Stuhl seines Kollegen, der neben ihm stehen blieb. Seelenruhig klappte er die Mappe auf, die er mitgebracht hatte, legte ein Foto vor sich, drehte es herum und schaute den Anwalt lächelnd an. „Darum!" Der Mann klopfte sein Jackett ab, fand sein Etui und setzte die Lesebrille auf. Er zuckte kurz und hob die Schultern. „Und?" fragte er. „da sitzt ein Mann hinter seinem Steuer im Auto und schläft!" Carpenter fand Gefallen daran, den Anwalt hochzunehmen. „Nicht ganz! Der Mann ist tot, genauer gesagt, er ist ermordet worden und sein Wagen stand an der westlichen Mauer des Anwesens ihres

Mandanten! Das war der Witz, wie Sie es nannten! Wie Sie ja wohl wissen, gibt es in unmittelbarer Nähe kein anderes Haus oder Gebäude, sodass es normal ist, die nächste Nachbarschaft zu fragen, ob sie etwas Verdächtiges bemerkt hat. Da das hier anscheinend zu Verzögerungen führt, will ich den Gang der Ermittlungen beschleunigen. Meine Kollegen hatten mir schon gesagt, dass sich ihr adeliger Mandant nicht dazu hinreißen lässt, öffentliche Gebäude zu betreten. Also habe ich vorgesorgt!" Er faltete ein Schreiben auseinander und legte es mit Genugtuung dem Anwalt vor. „Eine Hausdurchsuchung? Das wagen Sie nicht!" Der Chief Inspector wiegte den Kopf hin und her: „Wollte ich auch nicht, ehrlich! Aber Earl zwingt mich dazu, denn es ist Gefahr im Verzug! Sie dürfen uns begleiten, aber es ist Ihnen nicht gestattet, " damit schielte er auf das Telefon in der Hand des Anwalts, „ . . . unsere Ermittlungen zu behindern!" Mit einer schnellen Bewegung nahm er ihm das Mobile ab: „Selbstverständlich bekommen Sie das zurück, wenn wir mit der Durchsuchung beginnen!" Er hob den Hörer des Diensttelefons und wählte eine Nummer: „Wie Sie richtig vermutet haben, Herr Staatsanwalt. Wir müssen nun wider Erwarten doch von Ihrem Schreiben Gebrauch machen, da der Zeuge nicht gewillt war, hier persönlich zu erscheinen . . . ja, mach ich . . . danke!" Dann wandte er sich an Blackville. „KTU, Spurensicherung, das volle Programm. Kommen Sie mit den Kollegen nach, ich werde mit Herrn Dr. Hamilton vorfahren." Er lächelte dem Anwalt zu: „Darf ich Sie zur Tiefgarage bitten?" Siegessicher fuhr Carpenter zum Ausgang, legte die Chipkarte an das rote Blinklicht und nachdem sich die Schranke gehoben hatte, rollte sein Dienstwagen über die Rampe zur Straße. Er war gerade im Begriff, auf die A93 abzubiegen, als sich sein Funkgerät meldete: „Inspector Carpenter?" Er drückte die blinkende Taste: „Ja, ich höre?" Sein oberster Chief, der Police Supervisor war in der Leitung.

„Rückzug! Melden Sie sich sofort bei mir! Was ich Ihnen zu sagen hat, soll nicht über den Äther gehen und noch eins, entschuldigen Sie sich bei dem Anwalt. Ende!" Carpenter war völlig außer sich! Er war zurückbeordert worden, obwohl er vom Staatsanwalt doch eine ausgestellte Hausdurchsuchung in den Händen hielt. Im Beisein des Anwaltes war er über Funk bis aufs Blut blamiert worden! Gleichzeitig hatte man von höchster Stelle seine ganze Aktion abgeblasen. Er stand da, wie ein durchnässtes Schneehuhn.

Nach der anschließenden Standpauke, die er geduldig ertrug, gab es für ihn nur noch zwei Möglichkeiten: Entweder er entwickelte ehrgeizig und aus Trotz einen geheimen Plan, um in der Sache weiter zu ermitteln, oder er lehnte sich zurück, unternahm nichts mehr und überließ dem Zufall alles Weitere. Für die erste Variante war er zu alt, außerdem hatte man ihn wegen ähnlich forscher Vorgehensweisen aus der Großstadt hierher versetzt. Sollte doch ermitteln, wer wollte, er jedenfalls nicht mehr! Als er seinem Assistenten, Detective Blackville diesen Stimmungswandel erklärte, war der nicht einverstanden, so schnell beizugeben. „Chief, das können Sie nicht machen! Wir haben einen ungeklärten Mord und eine verschwundene Frau, Sie erinnern sich?"

Carpenter lächelte, obwohl er innerlich kochte. „Hab ich nicht vergessen. Solange, es keine neuen Erkenntnisse gibt, werde ich nichts mehr in dieser Angelegenheit unternehmen!" Mit einem Seitenblick sah er das erstaunte Gesicht des jungen Kollegen, also ergänzte er schnell: „ . . . und Sie auch nicht! Wir halten die Füße still! Der schlaue Supervisor will es schließlich so haben, wir folgen nur seinen Anweisungen!"

Er schaute auf sein Handgelenk: „Feierabend! Wie heißt dieses Musizieren in den Pubs?" Ian antwortete: „Sie meinen das Ceilidh!" „Na also, widmen wir uns dem Vergnügen! Kommen Sie, ich lade Sie ein und nun kein Wort mehr über die Arbeit!"

Weiblicher Besuch in Glenavon Castle

Janet war erleichtert. So schlimm war ihr Onkel gar nicht zu ihr gewesen. Abweisend und eigenbrötlerisch sollte er sein, davon war nicht im Entferntesten die Rede.

Vor ein paar Tagen war sie ganz offiziell vom Chauffier des Earls am Flughafen in Edinburgh abgeholt worden . . .

Offensichtlich war der adelige Fitzgerald von ihrer Nachricht, ihn zu besuchen, doch sehr angetan.

Nach dem Abendessen ging sie mit einer Tasse Tee auf die rückwärtige Terrasse, die schemenhaft von einer Gaslaterne beleuchtet wurde. Der Earl hatte sich schon zurückgezogen und der Butler wartete noch darauf, auch endlich seinen langen Tag beenden zu können. „James, ich genieße nur noch eine Weile diese Ruhe hier draußen. Wegen mir brauchen sie aber nicht aufzubleiben, ich werde mein Zimmer schon alleine finden!"

Die letzten Worte waren spaßig gemeint, aber James schien das anders verstanden zu haben, denn er antwortete darauf nur mit einem verächtlichen Blick, verneigte sich dennoch freundlich und ging zur Tür. „Wie friedlich und leise es doch sein kann!"

Janet genoss es, aus dem Trubel der Großstadt, in der sie mit ihrer Mutter wohnte, ein paar Tage bei ihrem Onkel, dem Bruder ihrer Mutter, auszuspannen. Sie setzte sich in einen der Rattan-Sessel, die in Gruppen hier aufgestellten waren und schlürfte genüsslich an dem immer noch heißen Getränk. James hatte ihr vorhin einen Teller mit Gebäck auf das kleine Tischchen gestellt, bevor er sich zurückzog.

Sie fröstelte ein wenig, als die Nebelfetzen aus dem muir, dem benachbarten Moorgebiet wie Schleier hierher geweht wurden. „Nur gut, dass ich mir die dicke Strickjacke vom Zimmer geholt habe . . . " murmelte sie und bemerkte nicht den dunklen Schatten, der sich aus dem Efeugewächs seitlich an der Hauswand löste und lautlos langsam von hinten auf sie zukam.

Im Castle, am Morgen danach…

„James, klopfen Sie bitte bei meiner Nichte an der Tür. Es ist jetzt 11.ooh und sie wollte doch unbedingt mit mir im Park Tontauben schießen . . . und gefrühstückt hat sie auch nicht!" James verbeugte sich und folgte der Anweisung. Er stieg die beiden Treppen herauf und durchschritt den langen Flur, der mit einem dicken Teppichboden ausgelegt war. Der Earls hasste es, wenn man wie früher, die Schritte hören konnte, die auf den Steinfliesen wie abgeschlagene Golfbälle klangen.
„Mylady? Ihr Onkel bittet Sie, ihm Gesellschaft zu leisten!"
Er legte diskret sein Ohr an die wuchtige Eichentür, bei der es jedoch unmöglich war, irgendein Geräusch aus dem verschlossenen Zimmer hier draußen im Flur zu hören.
Er klopfte noch einmal, obwohl er das persönlich schon als aufdringlich empfand. Der Earl wollte sie im Speisezimmer sehen und war es nicht gewohnt, ihn warten zu lassen.
Als sich nichts im Zimmer rührte, ging James zurück und berichtete, dass er sogar zwei Mal laut an der Tür geklopft hätte . . . mehr könne er nicht tun, denn es war unschicklich, mit seinem Generalschlüssel ungefragt die Räumlichkeiten eines Gastes zu betreten. Zumal wenn dieser Gast auch noch weiblich und äußerst attraktiv war.
Da stützte der Gärtner in den Flur: „My Highness!" rief er aufgebracht, „Ihre Nichte sitzt unbeweglich auf der Terrasse. Ich habe sie angesprochen, aber sie antwortet nicht, obwohl ihre Augen weit offen sind!" Bestürzt folgten sie ihm.
Sie saß immer noch in dem bequemen Sessel auf der Terrasse. Eingewickelt in die Strickjacke hätte man annehmen können, dass sie hier draußen eingeschlafen wäre, aber leider war dem nicht so. Ihr Körper war eiskalt, ihre weit aufgerissenen Augen starrten in den Park. Janet Mc Clearings, die Nichte des Earls of Glenavon war tot, erdrosselt, wie sich später herausstellte.

Im Büro der Crime Police

„Schon wieder zwei Vermisste? Sag bloß, dass sie auch in der Nähe des Castles verschwanden. " Inspector Mc Carpenter legte den Bericht beiseite und sah vom Schreibtisch auf. Er wartete auf eine Antwort des Assistenten, der sofort in seinem Element war und heftig nickte: „Ja, Chief, ich habe auch nur durch Zufall davon erfahren, denn offiziell hat niemand eine Vermisstenanzeige gemacht, oder wäre direkt auf die Idee gekommen, uns davon in Kenntnis zu setzen."

„Und?" Der Inspector unterbrach seine Arbeit und schaute ihn erwartungsvoll an: „ . . . ja, ja, weiter!"

„Nichts weiter! Es ist einfach so ein Gerücht! Keiner will etwas gesehen oder gehört haben. Nur Raonull erzählte so etwas im Devil`s Inn und der Constable sah sich genötigt, den Bericht für die Akten zu schreiben."

„Raonull? Du meinst den Gärtner vom Castle Glenavon?"

„Ja, genau den! Er behauptet, dass sich ein verwandtes Ehepaar zum Besuch angemeldet hätte, vor einigen Wochen schon, aber es wäre an dem zugesagten Termin niemand angekommen! Keine Frau, kein Mann. Niemand!"

„Und das ist alles an Beweisen? Der Kerl spinnt! Er sollte einen guten Malt, einen Macallan, oder Glenfarclas zu sich nehmen. Der billige, durchsichtige Moonshine - Fusel in der Kneipe, womöglich schwarz gebrannt, hat seine grauen Zellen zerstört! Ich glaub dem kein einziges Wort mehr! Erinnerst du dich an letzte Woche, da hat er auch behauptet, etwas im Park beobachtet zu haben! Lichter, die wie übernatürlich große Glühwürmchen da herumtanzen! Der ist unglaubwürdig!"

„Chief, ich würde aber trotzdem an deiner Stelle vorsichtig damit sein, zu behaupten dass die Pächterin vom Devil`s Inn so einen Moonshine anbietet. Dein Vorgänger hatte zwar auch so einen Verdacht, aber wir haben damals mehrfach die

Kellerräume, die Lager und den Schuppen durchsucht und nichts gefunden!" „Schon gut! Ich denke bloß laut. Mittlerweile bezweifle ich auch, das . . . . und ich sage es bewusst, immer wieder Leute verschwinden sollten! Sie sind gekommen, haben den adeligen Herrn nicht angetroffen und fuhren wieder unverrichteter Dinge zurück, wo immer sie auch herkamen. So sind sie abhandengekommen! Ihr mit euren Geistern wollt das aber nicht wahrhaben und bauscht es auf! Wegen der Touristen? Ihr habt doch die Legende vom Ungeheuer im See, hinter den Ausläufern der Grampians im Nordwesten. Nessi . . . was für ein niedlicher Name für ein doch angeblich so abscheuliches Wesen! Dann müssen wir hier wohl nach Devie suchen, oder wie nennt ihr euren Geist? Und dann noch die grüne Frau, die durch die Berge schleicht und Vorhersagen macht . . . ich will davon nichts mehr hören! Nur Fakten und Tatsachen zählen, wenn ihr glauben wollt, dann geht in die Kirche!" Ian Blackville unterbrach ihn vorsichtig: „Weiße Frau! Das ist die weiße Frau, die ist nicht grün!"

„Oh, Mann, hör auf damit!" Carpenter zerknüllte den Bericht und warf ihn in den Papierkorb. „Du kannst gehen und über deine Geister nachdenken! Ich habe zu arbeiten!"

Ian drehte sich zur Tür. „Was war denn mit ihm los? Hat der keine Freundin und ist im sexuellen Notstand? So hab ich den ja noch nie erlebt!" dachte er. „Ich werde mich zurückhalten, künftige Ereignisse mehrfach hinterfragen und ihm nur beweisbare Sachen zukommen lassen! Will er das? Will er das wirklich? Oder ist er nur genervt, dass es keine Erfolge zu verzeichnen gibt? Der wird sich noch wundern! Es gibt sie, die Geister der Highlands und auch unser Inspector Mc Carpenter wird sich ihnen unterzuordnen haben . . . . er weiß es nur nicht!"

Vermutungen, aber keine Beweise…

Der Fall schien mysteriös. Zwei Tage zuvor war eine junge Frau mit ihrem Begleiter in den Highlands der schottischen Grafschaft angekommen. Sie nahmen Quartier in einem B & B Privathaus und erkundigten sich nach einem gewissen Onkel Fitzgerald, der hier in der Nähe ein Landhaus besitzen sollte. Diese Formulierung war deshalb seltsam gewählt, weil der alte Laird keine Nachkommen hatte und man nur sehr vage von Geschwistern in Übersee wusste. Zum zweiten konnte man das riesige Anwesen nicht einfach nur als Landhaus bezeichnen.
Außerdem bewohnten sie zwei getrennte Zimmer, obwohl sie sehr vertraut miteinander zu sein schienen.
Anne Mc Dougs, die Vermieterin der B&B war etwas verstört über verschiedene Aussagen der Lady und wandte sich deshalb an den Constable. Der versprach am folgenden Tag bei ihr vorbei zu kommen. Als er mit Mrs. Dougs vor ihrem Zimmer stand und mehrfach geklopft hatte, wurde von ihr auf seine Veranlassung die Tür geöffnet. Das Zimmer leer, das Bett unbenutzt und ihr Koffer lag offen neben dem kleinen Schrank.
„Ich hab mich schon sehr darüber gewundert, dass sie hier nur übernachten wollten. Das Frühstück ist immer im Preis enthalten, aber das wollten sie nicht! Sie lehnten es strikt ab!"
Einen weiteren Tag später fand man den Mietwagen an der Mauer von Glenavon – Castle. Im Auto saß der tote Begleiter der Frau und von ihr gab es bis zum heutigen Tag immer noch keine Spur. Sie blieb verschwunden. Am Abend saß Donald Mc Carpenter in einem kleinen Pub in Glenshee. Dunkel und drohend ragten hinter der Gaststätte die Ausläufer der Grampians empor und verdunkelte zusätzlich das Firmament. Die höchste Erhebung dieser Hügelkette war der Devil`s Elbow mit 932m, also schon ein Munro. So nennt man hier die Berge, die über 3000 Fuß hoch sind, also mindestens 914m.

„Diabhol as Gaidhealtachd . . . " raunten die Einheimischen im „Devil`s Inn" und meinten damit den Teufel der Highlands, eine alte Sage, die immer dann aufgefrischt wurde, wenn etwas Unheimliches passierte. „Aye?" eine alte Frau schüttelte ihren Kopf und raunte: „Banshee! Die weiße Frau war es, ich hab sie gesehen . . . gestern Abend! Wie vor zehn Jahren schon einmal. Es war misty, aber ich hab sie erkannt! Sie stand am Fuße des Devil`s Elbow, ein Unheil droht, sag ich euch!" Der Inspector glaubte nicht an solche Sachen. Er wollte zahlen, aber der Wirt hielt seine Hand und schaute ihm in die Augen. „Du bist neu hier und kannst es nicht wissen, aber glaub mir: der Earl war es oder einer seiner Gehilfen! Diabhol, merk dir diesen Namen! Und nun geh, du schuldest mir keinen Penny." Am nächsten Tag erwähnte Carpenter, was sich im Pub ereignet hatte. Er zog dabei die Aussagen der Alten ins Lächerliche und wollte von Ian Blackville eine Bestätigung dafür haben: „Sie glauben doch wohl nicht auch so einen Blödsinn, oder etwa doch? Teufel der Highlands und weiße Frau, die Unheil bringt! Und das im 21. Jahrhundert, im Zeitalter des Internets, ich fass es nicht!"
Ian Blackville war da ganz anderer Meinung: „Soll ich dir die Akten aus dem Keller holen? Es gab in den letzten fünf Jahren mehrere ungeklärte Fälle. Nach langen Untersuchungen war dein Vorgänger der festen Überzeugung, dass der Earl mit einigen der Vermissten zu tun haben müsste."
„Du glaubst, dass es kein Zufall war? Worauf stützen sich die Vermutungen? Gab es keine Beweise?"
„Leider nein! Nur sein Bauchgefühl sagte ihm das und ehrlich, ich sehe da mittlerweile auch eine Verbindung."
„Wieso? Ihr glaubt immer, vermutet! Wir sind nicht in der Kirche! Wenn es eine beweisbare Gemeinsamkeit zwischen den Fällen gibt, so können wir uns dem später widmen! Aber was hat das mit dem jetzigen Fall zu tun?"

„Ich hol die Akten! In meiner Erinnerung gab es immer wieder Gerüchte darüber, dass Fremde hierher kamen, sich nach dem Earl erkundigten . . . . und danach spurlos verschwanden! Ist das nicht seltsam?"

„Es mag seltsam sein, aber wir brauchen Beweise! Alleine die Tatsache, dass man sich erkundigt, wer in dem Castle wohnt, sagt noch gar nichts! Wie viele Bergsteiger, Touristen und Wanderer sind in den Highlands verschwunden? Man wird sich in den weiten Hügelketten verlaufen haben und ist verhungert. Ihr habt doch immer gesagt, dass es gefährlich sei, in dem unwegsamen Gelände alleine zu sein. Wie aus dem Nichts kommt eine Nebelwand, ein misty und man weiß die Richtung nicht mehr, aus der man kam! Für mich ist das Leichtsinn und kein Teufelswerk!"

„Dein Wort in Gottes Ohr! Ich wünsche mir nichts sehnlicher, als endlich einmal aufzuwachen und wochenlang nur Schafe zu suchen, die entlaufen sind!"

„Wenn das dein sehnlichster Wunsch ist, dann kann ich beim Constable ein gutes Wort einlegen! Die Straßen Bobbys brauchen jeden Mann! Dann kannst du aber auch deine Karriere bei der Crime Police an den berühmten Nagel hängen! Also meckere hier nicht rum, wie ein verstörtes Schaf, sondern konzentrieren wir uns auf die Fakten! Interessanter als bei der Traffic Petrol ist das hier allemal! Und glaub nur nicht, dass du alleine frustriert bist. Ich muss mir doch immer vom Supervisor anhören, was falsch und was richtig ist! Kopf hoch, geh in den Keller, hol die Akten und heute Abend gebe ich einen aus, oder sogar zwei oder drei!"

„Du hast Recht, Chief!" Ian nahm den Schlüssel und stieg in den Keller, um die versteckten, alten Schriftstücke zu holen.

„Wie weit sind Sie mit diesen Vermisstenanzeigen gekommen, Carpenter!" Der Montagmorgen fing schon recht nett an, denn auf einmal wollte der Supervisor doch einen Bericht haben. „Wir ermitteln!" log er, drückte die Taste des Lautsprechers und gab dem Kollegen Ian Blackville einen Wink, damit er direkt mithören konnte. Der stand an der Anrichte und bereitete gerade zwei Tassen Kaffee zu, als das Telefonat eine unerwartete Wendung nahm: „Fahren Sie nach Presnerb, oberhalb von Folda. Spaziergänger haben da am Rand des Moorgebietes eine Entdeckung gemacht. Es scheint mit dem Verschwinden dieser jungen Frau zusammen zu hängen, denn man hat dort ihren Ausweis gefunden!" Carpenter wollte sich nicht mit dem Vorgesetzten streiten und antwortete deshalb nur: „Verstanden!" „Der Constable wartet auf Sie!" Carpenter legte auf und drehte sich herum: „Hast du das mitbekommen?" Ian kam mit den zwei Tassen zum Schreibtisch. „Hab ich! Aber zuerst trinken wir einen Schluck. Wir fahren gut eine dreiviertel Stunde bis dahin. Da kommt es auf die paar Minuten auch nicht an, oder?" Carpenter nahm das Milchkännchen und den Zucker. „Du hast völlig Recht! Zuerst werden wir zurückgepfiffen und nun sollen wir uns überschlagen?" Während sie sich an dem heißen Getränk labten, murmelte Ian: „Wir müssen die A 93 runter bis Clackavoid, dann den Single Treck neben dem River Isla hoch. Ich war schon einmal da, kein Haus, kein Strauch! Das ist eine furchtbar einsame Gegend. Obwohl . . ." Carpenter horchte auf: „Obwohl was?" „Naja, schau mal auf die Karte! Wenn man den River Isla weiter hochfährt, endet der Single Treck nach vier miles im Nirgendwo. Westlich davon liegt der Monameanoch, eine gut 800 m hohe Erhebung." Carpenter schaute auf die große Karte, die über seinem Schreibtisch an der Wand hing, fuhr mit dem Zeigefinger darüber und fand die angegebene Stelle. „Ja, hab ich! Und?" „Was liegt nördlich davon, keine Meile entfernt?"

Carpenter nahm einen Schluck Kaffee und stockte: „Ich werd verrückt! Glenavon – Castle!" „Stimmt! Aber dazwischen ist ein Hochmoor. Unmöglich, von dort in das Tal zu kommen, obwohl es uns sehr in den Kram passen würde und unsere Vermutungen bestätigen könnte!" „Es verwundert dich also, dass man ausgerecht da etwas gefunden hat?" „Genau. Das macht keinen Sinn!" Carpenter schaute ihn an: „Wieso? Da ist doch das Risiko am geringsten, dass man in so einer gottverlassenen Gegend überhaupt irgendwann einmal etwas findet!" Ian blieb skeptisch: „Ja und nein! Vor drei Jahren haben Archäologen das Tal abgesucht. Heute mag es dort einsam sein, aber früher war das ein beliebtes Touristengebiet. Man sprach davon, dass es ein magischer Ort sei, weil sich die Pikten in das Tal zurückgezogen hatten, als die römischen Legionen hier einfielen!" „Gut, fahren wir!" Eine Stunde später bog ihr Wagen von dem schmalen Weg ab und Ian parkte neben dem Dienstfahrzeug des Constable. Nachdem sie ihre Dienstausweise gezeigt hatten, hob ein Polizist das gelb-schwarze Plastikband der Absperrung und ließ sie passieren. Der Constable wartete unterhalb der Böschung auf sie und legte grüßend die flache, rechte Hand an seine Stirn: „Master Sergeant Mc Brian, Sir. Darf ich vorgehen?"
Sie gingen nur ein paar Schritte und sahen sofort die avisierten Kleidungsstücke, die wohl anscheinend der Vermissten gehörten. „Blutspuren, Sir!" sagte der Uniformierte und hob vorsichtig mit einem Ast eine zerrissene Bluse mit dunklen Flecken aus dem Morast.
„Ian! Beweisstück!" sagte Carpenter und schaute sich näher um, während der Detective seine Latexhandschuhe überstreifte und die Stoffreste in eine Plastiktüte legte. Dann zog er den Schutzstreifen ab, verklebte den Inhalt und nahm den Filzstift, um den Fund zu kennzeichnen. „In welcher Richtung befindet sich jetzt das Castle?" Ian streckte seine Hand aus und zeigte

auf die Erhebung im Hintergrund. „Siehst du das Wäldchen?"
Carpenter nickte, obwohl er nur Gestrüpp und niedrige Bäume
dort hinten sah. „Dahinter liegt der Park des Earls of Glenavon
sichelförmig um den Hügel herum. Auf dieser Seite ist nur das
halb verfallene, unbewohnte ehemalige Gästehaus zu sehen.
Auf der anderen Seite des Monameanoch liegt das Haupthaus
Glenavon – Castle. Das kann man von hier aus nicht einsehen."
Carpenter machte ein paar Aufnahmen mit seinem Handy und
widmete sich den weiteren Kleidungsstücken. Nach einer
Viertelstunde hatten sie so mehrere beschriftete Tüten
beisammen und übergaben sie dem Constable: „Bringen Sie
das in die Medical jurisprudence nach Dundee. Soweit ich
weiß, haben die das beste Labor, um die Sachen schnell zu
bearbeiten!" Während der Constable bepackt zu seinem Wagen
ging, rief ihm Carpenter noch hinterher: „Das es eilig ist,
versteht sich von selbst!" „Aye, Sir!" Die Polizeibeamten
stiegen ein, schalteten ihr drehendes Blaulicht ein, wendeten
und fuhren über den Single Treck nach Glamis. Bei Forfar
bogen sie südlich ab auf die A90, Richtung Dundee.
Nachdem die Kollegen der Spurensicherung ihre Fotos
gemacht hatten und die Spürhunde nicht weiter anschlugen,
wurde das gesamte Areal abgesperrt. Ihre Arbeit war hier
vorerst beendet.
Drei Tage später wählte Carpenter die Nummer des Labors in
Dundee und ließ sich mit dem Polizeiarzt verbinden, der ihre
Fundstücke bearbeitete. „Können Sie mir schon etwas über das
Untersuchungsergebnis sagen?" Carpenter nickte, stockte und
sprach in den Hörer: „Hab ich das richtig verstanden?
Wiederholen Sie das bitte noch einmal!" Dann bedankte er sich
und legte auf. Ian schaute ihn erwartungsvoll an:
„Neuigkeiten?" fragte er und sein Chief antwortete fast
geistesabwesend, denn er musste diese Antwort erst selber
verarbeiten: „Tierisches und menschliches Blut", flüsterte er

leise. „Von einem Hund, nehmen sie im Labor an. Der Bericht wird uns heute Nachmittag zugestellt. Und die Analyse der DNA ergab, dass die gefundenen Sachen von mindestens zehn verschiedenen Personen waren. Verstehst du das?" „Das können wir im Augenblick nur zur Kenntnis nehmen. Ich fürchte, wir werden nicht umhin kommen, die alten Akten wieder hervorzuholen. Mein Bauch sagt mir, dass noch viel Arbeit vor uns liegt!" Carpenter schaute ihn an: „Und sagt dein Bauch auch etwas darüber, ob der Earl in diese Sache verstrickt ist?" Ian hob seine Schultern: „Wenn wir eine Verbindung zu ihm herstellen könnten! Was haben die Vermissten gemeinsam? Was führte sie hierher und was wollten sie hier?" „Fragen über Fragen! Was hat denn mein Vorgänger dazu herausgefunden?" Der Detective blätterte in seinen Unterlagen: „Ich werde Hamish anrufen und ihn bitten, mit uns zusammen zu arbeiten, wenn du nichts dagegen hast!" Carpenter atmete auf, denn diese Idee war ihm auch schon gekommen. Hier konnte nur einer helfen, der die Gegend und die Menschen kannte und ihr Tun verstand. Einer, der an die Geschichten glaubte und sie zu deuten wusste. „Wurde er auch versetzt?" wollte Carpenter wissen und Ian antwortete: „Nein, er wurde frühzeitig in den Ruhestand geschickt. Widerwillig, wie er mir beim Abschied sagte, denn hätte er diese Stelle wegen dir nicht freimachen müssen, so wäre es sein größter Wunsch gewesen, diese Fälle noch gelöst zu haben. Wie ich ihn kenne, wird er sich riesig freuen, denn als ich ihn beim letzten Mal im Pub gesehen habe, sprach er mit mir noch einmal darüber!"

Er war ein Eigenbrötler und der festen Überzeugung, von irgendeinem höheren Beamten kaltgestellt worden zu sein, bevor er das große Geheimnis lüften konnte. Schnell hatte damals der Supervisor einen Kurier geschickt, der die unerledigten Akten abholte und nach Perth brachte. Dort kamen sie, wie man später erfuhr, ungelesen in den Reißwolf.

Hamish, der alte Fuchs hatte wohl so etwas geahnt, denn die vernichteten Papiere waren allesamt völlig wertlos. Es waren uralte Belege, die schon seit Jahrzehnten im Keller lagerten. Rechnungen, überholte Akten und leere Blätter . . . . es war sein bester Einfall, denn er wollte diese Papiere zuhause durcharbeiten. Leider kam es nicht dazu, denn er musste alle Schlüssel abgeben und ich hatte keinen Zweitschlüssel."

„Wie willst du sie denn dann jetzt aus dem Keller holen?"

Ian lächelte verschmitzt. „Mein Freund ist Hufschmied und er kennt sich aus mit alten und neuen Schlössern, verstehst du?"

„Hamish wird riesig erfreut sein und mit unserer Hilfe sein Lebenswerk vollenden können. Ich rufe ihn gleich an!"

„Ich höre?" so meldete sich der Pensionär immer am Telefon, denn seine Geheimnummer war nur wenigen bekannt. „Hamish? Hier ist Ian! Detective Blackville! Hast du Zeit? Ich hab eine erfreuliche Überraschung. Dein Nachfolger wird die Bemühungen unterstützen. Du weißt schon, die alten Fälle, es gibt Neuigkeiten, die auch für uns von größtem Interesse sind! Die Akten stehen uns übrigens wieder zur Verfügung!"

Es dauerte ein wenig, bis der ehemalige Inspector die Tragweite des Telefonates richtig einordnete. Dann kam ein knappes: „Ich bin schon auf dem Weg!" Carpenter hatte sich einen alten, verbitterten Mann vorgestellt und nicht so einen jugendlich wirkenden Kerl, der nicht viel älter als er selbst zu sein schien. Er war von robuster Natur und trug zu seiner Verwunderung einen Kilt, ein ähnlich kariertes Hemd und eine graue Strickjacke mit lederverstärkten Flicken an den Ellenbogen. Sein Blick glitt an dem Nachfolger herunter, als wollte er ihn einscannen. Dann streckte er ihm die Hand entgegen: „Bloß keine Förmlichkeiten! Man nennt mich Hamish! Wo ist Ian? Hat dieser Bastard es doch geschafft, das Archiv zu knacken? Ein Teufelskerl! Ich hoffe, du weißt sein Talent zu schätzen! Und seine Ortskenntnis erst. Er hat eine

Landkarte im Hirn!" Die Tür ging auf und der Angesprochene trat ein. Ein seltsames Begrüßungsritual folgte, bei dem sie sich auf Gälisch unterhielten. Carpenter verstand kein Wort. Die harten Worte hatten eher für ihn den Anschein, als würden sie mit dem Kehlkopf sprechen. Ian ging zum Schrank, nahm eine silberne Schale mit zwei Griffen und eine Flasche mit hochprozentigem Malt-Whisky, schüttete ungefragt die hellbraune Flüssigkeit in den Quaich und reichte ihn an Hamish. „Slainte!" „Slainte bhath!" antwortete Ian und sein Gesicht strahlte. Carpenter verstand nichts! Er musste wirklich noch viel lernen. Auch als danach Ian seinen drum getrunken hatte und ihn erneut füllte und an seinen Chief weitergab, fügte der sich in dieses, für ihn ungewohnte Ritual. Hamish lachte, denn er bemerkte, dass er einen Lowlander vor sich hatte, der mit den Sitten und Gebräuchen hier nicht zurechtkam. „Werde locker, Carpenter! Du bist zu verkrampft. Wenn du verstehen willst, was wir denken und fühlen, dann musst du zuerst Gälisch lernen! Der Rest folgt dann automatisch!"

Donald Mc Carpenter, wo bist du nur hineingeraten? Er fragte sich, wie es sein konnte, dass die Menschen hier in den Grampians so völlig anders waren, als die Städter in Glasgow oder Edinburgh. Sie alle waren doch Schotten und trotzdem so verschieden? Während Fitzgerald vor zehn Jahren im Ausland weilte, um sein Studium und später den Dienst in der Army als Offizier zu absolvieren, hatte sich Sir Archibald, der alte Earl of Glenavon – Castle noch berechtigte Hoffnungen gemacht, dass sich Douglas, sein jüngster Sohn endlich fügen würde und dazu bekannte, aus einer traditionsreichen Adelsfamilie zu stammen. Nichts dergleichen geschah, das genaue Gegenteil war der Fall. Er beleidigte die Gäste, betrank sich und ignorierte alle Regeln. Der vertraute Leibarzt des alten Earls sah nur eine Möglichkeit, den ungeliebten Jungen zur Vernunft zu bringen. Er veranlasste die Einweisung in eine geschlossene

Klinik in Pitlochry und erfand zur Entschuldigung für die anderen Verwandten eine langwierige, chronische Krankheit. Man verabreichte ihm starke Medikamente, die mit der Zeit seine Psyche völlig veränderte. Sein Geist bildete sich zurück und er degenerierte zu einem Kleinkind, schutzbedürftig und hilflos. Schon nach sehr kurzer Zeit verfiel Douglas völlig den Drogen, die er bereitwillig verschrieben bekam.

Monate vergingen und die Einzige, die sich damit nicht abfinden konnte, war die alte Amme des Jungen, die alles daransetzte, ihn wieder nach Glenavon – Castle zu holen.

Genau zu dieser Zeit, es war an einem Wochenende, holte der Chauffier den alten Earl und seine Gattin von einer längeren Auslandsreise vom Flughafen Edinburgh ab. Viele erinnerten sich noch Jahre später an diesen grauen Herbsttag! Nebel durchzogen wieder einmal die Highlands und Regen peitschte fast waagerecht über die flachen Hügelketten. Da man kaum zehn Yards weit sehen konnte, verlangsamte der umsichtige George merklich sein Tempo und klebte dennoch fast mit der Stirn an der Frontscheibe. Da der alte Rolls Royce noch keine hydraulische Lenkhilfe hatte, war es für den Chauffier besonders riskant, den schweren Wagen gefahrlos auf der Straße zu halten. Als sie dann kurz nach der B951 die Landstraße verlassen mussten und auf den Single Treck kamen, traten dem armen George kalte Schweißperlen auf die Stirn. Er fuhr im wahrsten Sinne in eine dichte Waschküche, ohne die Seitenstreifen noch gut sehen zu können. Obwohl es ihm nicht gestattet war, die hohe Herrschaft anzusprechen, drehte er sich leicht zur Seite und öffnete neben sich in Schulterhöhe die kleine Glasschiebetür. Der Earl und Mylady waren bester Laune und schienen von den schlechten Sichtverhältnissen um sie herum nichts mitbekommen zu haben. „Cheers, my dear!" Sir Archibald hob seinen Champagner Kelch und prostete seiner Gattin zu. Einen schlechteren Zeitpunkt hätte sich der

Fahrer beileibe nicht auswählen können. Trotzdem versuchte er sein Glück: „Eure Lordschaft, entschuldigen Sie! Auf ein Wort, gestatten Sie mir. . . " Mit einem dumpfen Schlag wurde sein Versuch unterbrochen. Ohne abzuwarten, hatte der Laird mit Wucht die Schiebetür wieder zugeschoben. Da nun kein Ton mehr in der Führerkabine zu vernehmen war, konnte George nur noch im Rückspiegel das empörte, gerötete Gesicht seines Arbeitgebers sehen und an dessen Lippen ablesen, wie er ein eindeutiges: „Impossible fouter!" fluchte. Es kam oft vor, dass Sir Archibald solche Wörter gebrauchte, aber dass er ihn in dieser Situation eine unmögliche Nervensäge nannte, war auch für George zuviel. Wenn es seiner Lordschaft gefiel, in dieser brenzlichen Lage so abrupt abweisend zu reagieren, so sollte es ihm auch egal sein, wenn er dem edlen Gefährt ein paar Schrammen verpassen sollte.

Erst eine Woche später wurde die Limousine gefunden. Sie war von der Landstraße abgekommen und zwanzig Meter tief in eine Schlucht gestürzt. Alle drei Insassen waren laut Angaben der Medical jurisprudence sofort tot. Fitzgerald, der älteste Sohn, wurde ins Castle beordert, um das Erbe anzutreten. Aus für ihn vorläufig noch unverständlichen Gründen war aber mit dem Erbe die Ehe mit der älteren Countess Lady Amber verknüpft und Grundvoraussetzung dafür, dass er als 10. Earl of Glenavon eingesetzt wurde. Er hasste dieses Weib vom ersten Tag an, denn sie entpuppte sich sehr schnell als eine herrschsüchtige Person. Sie hatte nichts Liebes an sich und schon bald kreiste nur ein Gedanke im Hirn des jüngeren Fitzgerald: wie könnte er sich aus den Fesseln dieser Ehe befreien, ohne damit gegen die Auflagen seines Vaters zu verstoßen und das Gut, wie auch den Titel wieder zu verlieren? Wenn sie verunglücken würde. . . . oder krank, sehr krank das Bett hüten müsste . . .

Man hatte den jüngsten Spross der adeligen Familie, Douglas mit Hilfe des korrupten Hausarztes für sehr krank erklärt, dann in eine geschlossene Klinik werggesperrt und drogensüchtig gemacht.

Bridget Mc Barclay, die fürsorgliche Amme entschloss sich nun dazu, den jungen Douglas ins Gästehaus im Park zu holen und dort zu verstecken. Den Aufenthalt in der geschlossenen Klinik ließ sich der alte Earl monatlich 5.ooo,-- Pfund kosten, mit der Auflage, ihn nie wieder frei zu lassen. Deshalb war es ihr auf legalem Weg nicht möglich, den Wunsch umzusetzen.

Bridget hatte sich deshalb in den letzten Monaten mit den Pflegern der Klinik angefreundet und es tatsächlich geschafft, mit der Hilfe ihres Mannes, dem Gärtner von Glenavon – Castle, den hilflosen Kranken zu sich ins Gästehaus zu holen. Angeblich sollte er nur für einen Kurzurlaub hierherkommen, doch als er auch nach Tagen nicht wieder zurückkam, verschwieg die Klinikleitung sein Verschwinden, damit die Zahlungen weiterflossen.

Es war harte Arbeit und eine aufwendige Methadon-Therapie nötig, den Drogensüchtigen endlich von seiner Krankheit zu befreien. Bridget glaubte, damit Erfolg gehabt zu haben, aber in Wirklichkeit war seine Sucht wie ein festgesaugter Egel in seinem Körper eingenistet. Niemals wieder könnte und wollte er von diesem leichten Gefühl ablassen, diese unbeschwerte Gleichgültigkeit, die ihm nur die Drogen zu geben schienen, waren zu seinem ständigen Begleiter geworden. Seinen geistigen Zustand konnte das Pärchen nicht mehr verbessern. Er zeigte ihnen gegenüber zwar eine große Dankbarkeit, lehnte aber jeden Kontakt zu anderen Menschen strikt ab, so meinte es jedenfalls Bridget zu wissen.

Er war wie ein Sohn für sie geworden und sie tat alles, damit er sich hier rundum wohlfühlen konnte.

Dann, nach ein paar Wochen, sprach sie mit ihrem Mann darüber, dass sich Douglas stark verändert hätte. Beide konnten zwar nicht mehr so gut sehen, aber irgendwie spürten sie die unerklärliche Art, die sie zuvor nie bei ihm bemerkt hatten.

Er bewohnte nun die unteren Kellerräume und verbot den Alten, ohne sein Wissen diese Räumlichkeiten zu betreten. Sie wunderten sich über seinen Gesinnungswandel, der ihn manchmal sogar Tage und Nächte aus dem Haus trieb. Sie wollten ihn zur Rede stellen, was sich als ein großer Fehler erwies, denn in dem Mann waren Rachegefühle gewachsen, die er nicht mehr unterdrückte. Davon bemerkte das angestellte Paar zu spät, denn Douglas spielte seine kindliche Rolle ihnen gegenüber nur, das aber wirklich sehr hervorragend.

Im Castle residierte Fitzgerald immer noch mit seiner Amber während im Gästehaus nahm das Schicksal seinen Lauf nahm. Douglas hatte sich in den Wahn verstrickt, sein Recht gegen alle Verwandten einzufordern und sah in jedem einen Feind. Lady Amber machte bei seinem Vorhaben den makabren Anfang. Er lauerte ihr auf, als sie den Wagen in die Garage gefahren hatte und gerade im Begriff war, zum Haupthaus zurück zu gehen. Er tauchte vor ihr auf, aus dem Nichts. Sie hatte ihn flüchtig ein paar Mal gesehen, aber das war schon zwei oder drei Jahre her. Sie war erstaunt darüber, dass ihr Mann hohe Beträge an die Klinik zahlte, obwohl Douglas hier frei herumlief. Nach anfänglichem Schock herrschte sie ihn an: „Was wollen Sie? Es gibt hier keinen Platz für Sie! Wie sind Sie überhaupt aus der Klinik herausgekommen?" Ihr Gegenüber antwortete nicht. Er ging unbeirrt weiter auf sie zu und drängte sie zurück, hinter die Garagen: „Ich gehöre hierher! Sie haben es verstanden, den Alten zu becircen!" Sie spürte, dass es dieser Unhold ernst meinte, antwortete nicht darauf und griff in ihre Handtasche. Mit der Pistole wäre es reine Notwehr. Das würde jeder später bezeugen können.

„Wagen Sie es nicht, mir noch ein einziges Mal so nahe zu kommen. Gehen Sie vor! Ich will, dass Fitzgerald über Sie richtet!" Sie war sich sehr sicher, mit der Waffe in der Hand ... zu sicher, denn die schnelle Bewegung hätte sie dem alten, gebrechlich wirkenden Mann nicht zugetraut. Er drückte mit der linken Hand die Pistole nach unten und schlug gleichzeitig mit voller Wucht in ihr Gesicht, ihr wurde schwarz vor Augen. Als sie wieder zu sich kam, spürte sie einen starken Schmerz an ihrer Schläfe. Sie wurde kräftig durchgeschüttelt und musste zuerst ihre Gedanken ordnen, um zu erkennen, in welcher Lage sie sich befand. Er merkte, dass sie sich wieder bewegte und stellte die Handkarre ab. „Tut mir leid, Mylady, ich habe leider kein Narkosemittel zur Hand!" Das waren in der Tat die allerletzten Worte, die Countess Lady Amber Nic Clarington auf dieser Welt noch mitbekam, bevor der Spaten sie seitlich am Hals traf und ihr augenblicklich das Genick brach. Dann legte er den Spaten in die Karre zurück und konzentrierte sich wieder auf den schmalen Pfad, der durch das sumpfige Gebiet weiter durch den muir führte.

Mit Genugtuung saß er schließlich auf der Handkarre und wartete geduldig, bis der Körper blubbernd immer tiefer in die schwarze Masse tauchte, um nach einer halben Stunde ganz von einer spiegelglatten Fläche verdeckt zu werden. Ein paar Mal noch stiegen Luftblasen auf, bis eine gespenstige Stille eingetreten war, selbst die Moorhühner, die aufgeregt gegackert hatten, waren verstummt. Es war einfach gewesen! So einfach, dass er ab jetzt jeden, der sein Leben auf dem Gut bedrohen könnte, mit dem gleichen Schicksal bestrafen würde.

Fitzgerald wusste nichts davon, dass er auf diese Weise von seinem ungeliebten Weib befreit worden war. Sie war einfach weg, vielleicht zurück in ihre Heimat in die Lowlands, wer konnte und wollte das überhaupt so genau wissen? Er nicht!

Ein mörderischer Park…

Wieder einmal war neuer weiblicher Besuch angekommen und für ein paar Tage im Castle untergebracht. Der Park schien auf alle Gäste eine unerklärliche Anziehungskraft auszuüben, denn auch die junge Lady genoss es, hier am Abend die Ruhe zu genießen. Ihre geliebte Mutter, die Schwester des Earls war im Ausland verstorben und das hatte sie dazu veranlasst, den reichen Onkel in den Highlands zu besuchen. Sie ging entspannt durch den dunklen Park und war fasziniert von den schnell wechselnden Schattierungen, die sich auf der Oberfläche des hell angestrahlten Erdtrabanten zeigten.

Als sie so in die Höhe starrte und an den Hecken vorbei schlenderte, baute sich plötzlich eine Gestalt vor ihr auf.

Wie aus dem Nichts stand sie da! Regungslos, aber auch sehr bedrohlich. „Du traust dich weit in fremde Gefilde, hast du keine Angst?" Die Stimme klang dunkel, hart und bestimmt.

Sie fing an zu zittern und bekam kein einziges Wort heraus.

„Du wirst sterben, heute Nacht noch! Ich will, dass du für immer verschwindest, aus dem Park und aus meinem Leben!"

„Warum ich? Was tun Sie da? Ich kenne Sie doch gar nicht und kann mich auch nicht erinnern, Ihnen einmal begegnet zu sein oder etwas Unrechtes getan zu haben!"

„Warum ich . . .warum ich? Warum? Das kann ich dir sagen! Du Schmarotzer! Immer wollt ihr euch einmischen, erben oder den Alten zur Kasse bitten! Was bleibt dann am Ende noch für mich, den einzig wahren Erben übrig? Ich mache die ganze Arbeit nur, um mir in der Zukunft keine Sorgen mehr machen zu müssen. Grandfather Archibald hat schon damals, als ich hier spielte, immer versucht, mich zu ignorieren und zu demütigen! Aber jetzt will ich es! Das gehört alles mir! Ich werde dafür sorgen, dass auch du nichts davon abbekommst!"

„Ich mache hier doch nur ein paar Tage Urlaub, das ist alles!"

„Das werden alle behaupten! Dein Erzeuger hat doch nur in unsere Familie eingeheiratet. Ich dagegen bin ein echter, wahrer Glenavon! Väterlicherseits!" Seine Augen funkelten bedrohlich. „Eben! Nur weil dein Vater einer ist! Deine Mutter ist eine Campbell von der Küste!" „Und was ist mit deinem Vater, den sie in der Ferne kennengelernt hat? Ein Maxwell von den Borders? Zehn miles südlicher und er wäre sogar ein Sasunnach!" Sie sah das seltsame Glänzen in seinen grauen Augen, er schien entrückt, kindlich naiv und trotzdem blieb da diese furchtbare Angst, eine eiskalte Todesangst. Seine Gesichtszüge waren eingefroren, sein bohrender Blick lähmte sie. Plötzlich hielt er zwei Holzgriffe in den Händen, die mit einem dünnen Draht verbunden waren. „Halt endlich die Klappe! Ich mache das nur für mich! Ich will ein sorgenfreies Leben!" Sie war unfähig auch nur einen einzigen Finger zu krümmen, der verzweifelte Versuch eines Hilferufs endete in einem undefinierbaren Krächzen, denn ihre Kehle schnürte sich zu, als sie die todbringende Schlinge sah.

Douglas drehte sie herum, seine Augen verengten sich zu schmalen Strichen, sein Blick wurde bohrend und eiskalt. Er legte ihr von hinten die Drahtschlinge um den Hals. „Eine Klaviersaite", flüsterte er ihr ins Ohr und sein warmer Atem verbrannte dabei ihren Geist. „Warum hab ich ihm nicht zwischen die Beine getreten, als noch Zeit dazu war? Warum bin ich so steif und hilflos?" schoss es ihr durch den Kopf, als er die Schlinge um ihren Hals zusammenzog.

Wehrlos, wie eine Holzpuppe glitt sie zu Boden, während er nicht nachließ und ebenfalls auf seine Knie rutschte. Der dünne Draht schnitt tief in ihren Hals. Ein Röcheln, ein verzweifelter Reflex ihrer Muskeln und dann nahm das Schicksal seinen Lauf. Wie ein abgespulter Film rasten Kindheitserinnerungen durch ihr Hirn. Sie sah ihre Freunde, ihre Mutter, den Vater, der sie ansah, dann folgten helle Lichtblitze.

Die anhaltende Atemnot hatte ihre Muskulatur erschlaffen lassen, ihr Gedächtnis ausgelöscht. Ihre Augäpfel, von einem schleimigen Schleier bedeckt, traten aus den Höhlen und ihre Zunge bahnte sich unnatürlich weit den Weg aus dem Mund, als sie mit einem letzten Ruck endlich erlöst war. „Ein Klavier hat viele Saiten! Sehr viele!"

Douglas ließ das Mordwerkzeug, das sich tief in ihr Fleisch gegraben hatte, achtlos um ihren Hals gewickelt. Da, wo sie nun hingebracht wurde, würde kein Mensch sie wiederfinden. Sie würde spurlos im muir, dem sumpfigen Hochmoor verschwinden, wie die anderen, die so arglos in die Highlands gekommen waren, um ihren Onkel zu besuchen.

Er konnte es nicht riskieren, jetzt damit aufzuhören und hoffte insgeheim doch, dass nun endlich keiner mehr auftauchen würde, der ihm seinen alleinigen Anspruch auf das Erbe streitig machen könnte. Wie Schmeißfliegen und Maden kamen sie aus allen Richtungen hierher gekrochen und wollten doch immer alle dasselbe, nämlich Geld, Einfluss auf den Earl nehmen und ihn letztendlich auch beerben!

(Und was wollte er? Wollte er nicht dasselbe?)

Es konnten doch unmöglich so viele geworden sein! Der alte Earl hatte zwei Söhne und vier Töchter! Da beide Söhne keine Erben in diese Welt gesetzt hatten, müssen die edlen Damen wohl in dieser Beziehung sehr fleißig gewesen sein! Soweit man wusste, hatten zwei von ihnen sogar mehrere Ehemänner gehabt, vielleicht sogar auch ein paar Liebhaber, die zusätzlich für eine ungeliebte Brut gesorgt hatten. Er zählte sie nicht mehr und würde bis zum bitteren Ende um sein besorgtes Erbe kämpfen und morden. Rein rechnerisch, so hoffte er inständig, müsste jetzt aber endlich Ruhe einkehren.

Als letztes würde Fitzgerald sterben, um den Weg frei zu machen! Den Weg in ein sorgenfreies Leben, zwar kriminell geschaffen, aber wer wusste schon davon?

Auf dem Revier in Spittal of Glenshee

„Wir kommen in der Sache nicht weiter! Jetzt erzählt man sich im Devil`s Inn sogar schon, dass Countess Amber nicht mehr im Castle weilt. So, wie sie den Earl behandelt hat, wäre es erklärlich, dass er . . . " Ian fiel ihm ins Wort: „Vergiss es, Donald! Earl Fitzgerald war nicht in Scotland! Nach Aussage von James musste er geschäftlich nach London und kam erst zwei Tage später wieder zurück. Er war verwundert, dass sie gegangen war, ohne sie noch einmal gesehen zu haben. Der Butler versicherte auch, dass sie sich weder von ihrem Mann verabschiedet, noch eine Nachricht hinterließ. Aber ein Koffer und ihre Ausweispapiere nicht mehr da sind." Jetzt meldete sich Hamish und meinte das wohl mehr scherzhaft, als ernst: „Im Jahr 1692 wurde schon einmal fast ein ganzer Clan dahingerafft! Aber damals wusste man wenigstens, dass es die Mitglieder der Campbells waren, die so fürchterlich unter den Macdonalds wüteten!"

„Hamish, das kannst du doch unmöglich hiermit vergleichen! Da war es ein fürchterliches Scharmützel und alle starben in einer Nacht. Bei den Glenavons geschieht, zugegebenermaßen etwas Seltsames. Und das jetzt schon über Jahre, wenn nicht Jahrzehnte. Und nie haben wir den geringsten Anhaltspunkt, es ist zum Verzweifeln!" Carpenter schaute auf den vorläufigen, inoffiziellen Bericht, den sie nach den vagen Zeugenaussagen angefertigt hatten. „Aber es waren nicht immer Verwandte, die das betraf. Lady Amber war angeheiratet und, soweit wir wissen, nicht unvermögend." Das schrille Diensttelefon unterbrach sie: „Mc Carpenter, ja bitte?" Er nickte, notierte etwas und sein Gesicht verfärbte sich. Eben noch recht blass, hatte es nun eine stattliche Rötung angenommen. Er konnte gerade noch herausbringen: „Vielen Dank für die Info, wir kümmern uns darum!", bevor er den Hörer auflegte.

Hamish wartete geduldig ab, jedoch Ian wurde von Neugier zerfressen: „Nun sag schon, wer wars?" Carpenter schaute auf: „Ich habe den falschen Beruf! Noch fünf Jahre bis zu meiner Pensionierung, das halte ich nicht aus!" „Oh, Mann! Was war das denn für ein Anruf, vom Teufel persönlich?" Carpenter nickte: „So ähnlich! Es war Laird Fitzgerald, Earl of Glenavon! Sein . . . ich mag es gar nicht glauben, aber er sagte, dass sein Gärtner verschwunden sei. Seine Frau Bridget mache sich große Sorgen, dass er die Abkürzung durch den trügerischen Morast genommen hat, als er gestern Abend aus dem Devil`s Inn wieder nach Hause wollte!" Ian Blackville schüttelte den Kopf: „Nein, oh nein, Chief!" sagte er, bevor eine Frage im Raum stand. „Nicht, dass du jetzt wieder davon anfängst, er habe sich in den weitläufigen Hügelketten verlaufen! Raonull ist hier geboren! Er kennt jeden Strauch, jedes Moorhuhn! Er hätte sich niemals verlaufen und wäre er auch noch so betrunken in das Moorgebiet gegangen! Der verschwand nicht freiwillig!" Jetzt schwiegen sich die Beamten an, denn immer wieder führte die Spur nach Glenavon – Castle!

Es war zum Verzweifeln!

Eben noch hatten sie darüber gesprochen, dass es nicht immer Angehörige oder Verwandte des Earls gewesen waren, die verschwanden . . . und prompt kam dieser Anruf, der das alles zu bestätigen schien. Sie mussten sich eingestehen, dass sie mit ihren bisherigen Ermittlungen wieder bei null angelangt waren, aber sie wussten auch, so konnte es nicht weitergehen. Es war eine Frage der Zeit, wann dem Staatsanwalt der Geduldsfaden reißen würde und sie sich vor dem obersten Chief, den Supervisor in Edinburgh zu rechtfertigen hätten.

Die Ehefrau des Gärtners von Glenavon Castle war mit ihren Nerven am Ende. Ausgerechnet ihr geliebter Mann, der die Gegend doch wie seine Westentasche kannte, auch er war nun unauffindbar. Sie schien als einzige zu ahnen, dass sie sich mit der heimlichen Unterbringung des drogenabhängigen Douglas zu sehr in etwas Unheimliches eingemischt hatte. Es war eindeutig eine Nummer zu groß für sie und ihr kam ein trauriger Verdacht. Da ihr Mann, der Gärtner nicht mehr aus seiner Stammkneipe zurück nach Hause gekommen war, wollte sie nun dieser düsteren Ahnung nachgehen. Bridget ging in den Keller zu Douglas und konfrontierte ihren Zögling mit ihrem unsicheren Verdacht, der sich leider sofort bestätigte. Er grinste nur und kam auf sie zu: „Wir sind jetzt alleine und das ist auch gut so!" Angst stieg in ihr hoch und Panik erfasste sie, denn wohin sollte das führen? Er wunderte sich nicht, war auch überhaupt nicht darüber erschrocken. Hatte er auch mit dem Verschwinden der anderen Gäste zu tun? Zurück in die Klinik konnte sie ihn nicht mehr bringen und mit ihm unter einem Dach würde sie nie wieder ein Auge zu machen können. Douglas besaß zwar den Verstand eines Kleinkindes, aber auch die feine Spürnase für jegliche Gefahr. Sie wusste jetzt, dass sie Recht hatte. Dass seit geraumer Zeit irgendetwas mit ihm nicht stimmte. Sie wollte wissen, was sich hinter der verschlossenen Tür im Keller befand, die sie nicht betreten durften

Douglas spürte, dass ihm die Amme auf den Fersen war, seine Gedanken erraten konnte! Und er behielt damit Recht, denn als er wieder einmal in dem Keller war, kam sie herunter.

Ihr Pech! Sie hätte noch etwas länger leben können, aber warum musste sie unbedingt ihre Neugier stillen? Er musste das Geheimnis dieser Kammer wahren! Was blieb ihm anders übrig, als sich zu schützen und sie zu den anderen ins muir zu bringen? Es war eine sehr schwere Last, die er an jenem Abend mit seiner Handkarre ins Sumpfgebiet brachte.

Da nun nach dem Verschwinden des Gärtners auch dessen Ehefrau nicht mehr gesehen wurde, entschloss sich der Earl dazu, das Gästehaus nie mehr zu betreten, denn Geister mussten sich hier eingenistet haben. Wie sonst sollten sich diese Phänomene erklären, die flackernden Lichter in den Räumen, die Schatten, die durch den Park huschten und eine Laterne, die nächtens durch die Bäume zu schweben schien, all das waren doch eindeutige Zeichen dafür, dass der Teufel der Highlands im Gästehaus bei ihm Einzug gehalten hatte.

„Diabhol as Gaidhealtachd!" flüsterte er zitternd hinter der Gardine, wenn er mit dem Nachtglas durch die dunklen Büsche an der hinteren Mauer wieder die tanzenden Lichter sah, die durch den Park zu schweben schienen. War es schon wieder Vollmond oder hielt sich der Geist der Bergwelt nicht mehr daran und trieb nun sein Unwesen wann und an wem er wollte. Solange die ihn, den Besitzer von Glenavon Castle in Ruhe ließen, wollte er nicht von hier fort.

Tagsüber meinte er sogar, dass es alles nur ein böser Alptraum gewesen war, denn die Türen und Fenster des verlassenen, unbewohnten Hauses am Ende des weiträumigen Parks waren fest mit Brettern vernagelt und zeugten nicht davon, dass es von einer natürlichen Seele bewohnt wäre und bisher hatte sich ihm der Unhold noch nie genähert.

Würde er sein Anwesen für zahlende Gäste öffnen, so könnte er mit dem nächtlichen Grusel durchaus viel Geld machen . . . . aber eine unsichtbare Kraft hinderte ihn daran, so zu handeln. Schließlich hatte seine vermisste Ehefrau eine üppige Barschaft mit in die Ehe gebracht, vielleicht war das der weitblickende Vater gewesen, der ihm diese Heirat als Bedingung für das Erbe vermittelt hatte. Aber wieso war sie dann ohne ein einziges Wort und ohne Abschiedsbrief einfach von hier fortgegangen? Oder war sie nicht freiwillig von hier fort? Würde er es jemals erfahren?

Ahnungslos klopfte Mary, die junge Nichte an der Tür des Castles, als ein schäbig gekleideter Mann mit rotblondem Bart von der Hecke aus zu ihr hoch rief. Sie drehte sich um und sah die buckelige Gestalt, die mit einer Schere die grünen Äste in Form brachte. „Ich verstehe nicht! Was haben Sie gesagt?" „Die Herrschaft ist nicht da! Ich bin hier alleine!" Sie stellte ihr Gepäck ab und kam zu ihm herunter. „Mary!" sagte sie und schaute ihn an. „Sind Sie hier angestellt? Ich bin die Tochter seiner Schwester. Dabei zeigte sie mit dem Daumen auf das Castle. Ich komme von . . . . " Der Rest ihres Gespräches verkam zu einem dumpfen Grollen in den Ohren von Douglas. Er hatte verstanden, dass es sich um eine weitere ernst zu nehmende Bedrohung handelte, denn schließlich war sie auch eine Glenavon! Mary? Die Tochter von Ann? Er zuckte mit der Schulter und ging vor. „Im Gästehaus ist ein Zimmer frei! Kommen Sie!" sagte er und Mary folgte ihm. Er schaute sich um, wie ein scheues Reh, denn was jetzt zwangsläufig folgte, sollte im Geheimen bleiben, Zeugen unerwünscht!

Nach einer halben Stunde saß Douglas angespannt auf seiner Karre im muir und blickte auf die Reste der Kleidung, die langsam in die dunkle Brühe hinabgezogen wurden.

„Gefahr beseitigt!" murmelte er, nahm die Deichsel der Karre und begab sich wieder auf den Rückweg zum Park, um seine unterbrochene Arbeit an der Hecke wieder aufzunehmen.

Er konnte immer nur dann hier draußen arbeiten, wenn der Earl auf Geschäftsreise war, denn würde er ihn ein einziges Mal zu Gesicht bekommen, müsste zwangsläufig auch Fitzgerald den Anderen in ihr nasses Grab folgen. Douglas sah bisher noch keine Gefahr in ihm und es hemmte ihn auch, darüber nachzudenken, denn er musste warten, bis es keine anderen Erben mehr gab, dann wäre Fitzgerald als letzter an der Reihe. All die entfernten Verwandten waren nicht viel mehr als elende Schmarotzer, die es nicht wert waren, hier leben zu dürfen.

„Es sind fünfzehn Vermisstenanzeigen hier aus der Gegend, die in den letzten fünf Jahren nicht aufgeklärt werden konnten." Der pensionierte Hamish blätterte in den Akten, die ihm Ian aus dem Kellerarchiv geholt hatte. „Wie viele davon irgendwo in den weitläufigen Hügelketten der östlichen Ausläufer der Grampian Mountains vermodert sind, werden wir nie erfahren, es sei denn, durch Zufall findet ein Wanderer ihre Überreste!" „Richtig! Und was sagt uns das? Wo gibt es Gemeinsamkeiten? Vielleicht gibt es doch mehr verschwundene Personen, als hier steht. Wir haben nur die Aktenkundigen, deren Verschwinden offiziell angezeigt wurde!" „Was willst du damit sagen?" Hamish schaute den jungen Beamten an: „Das weißt du doch! Erinnere dich an die Countess Lady Amber, an den Wirt des Pubs, Windows Corner, den Gärtner von Glenavon und dessen Ehefrau. Hat bei deren Verschwinden irgendeiner eine Anzeige erstattet?" Hamish schaute die beiden Beamten an, Carpenter hob die Schulter, aber Ian schaute verblüfft. Jetzt war Hamish in seinem Element: „Na siehst du, keiner!" sagte er, denn das ratlose Gesicht des Detective war Antwort genug. „Zwei von ihnen führen nach Glenavon und da müssen wir nachhaken! Gibt es noch weitere Geschwister, Verwandte oder weitläufige Nachkommen, die ihren Ursprung hier im Tal hatten?" „Weiß nicht? Vielleicht erfahren wir mehr im Meldeamt?" „Genau! Wenn du nichts dagegen hast, Donald, so würde ich das gerne klären! Ich fahre nach Dundee und nach Edinburgh. Dort werde ich recherchieren. Meinen Ausweis als Inspector hab ich ja vorsorglich behalten!"
„Pass auf, denn das könnte dir als Amtsmissbrauch ausgelegt werden!" „Nicht wenn ihr mir Rückendeckung gebt!"
„O.K. Ich hab die Akten von den Vermissten fotokopiert, die könnten von Wichtigkeit sein! Nimm sie mit!" Hamish packte die Papiere zusammen, stieg in seinen Rover und fuhr los. Endlich hatten sie eine Spur, die man verfolgen konnte.

Am Nachmittag saß der Earl mit Gebäck und einer Tasse Tee in seinem Wintergarten. Ihm gegenüber hatte ein junger Mann Platz genommen, der am Mittag angekommen war.

„Wie geht es meiner Schwester? Sie wohnt jetzt in Canada?"

„Seit zehn Jahren, Sir. Sie bat mich, herzukommen, da ihre . . . wie soll ich es formulieren? Also nach ihrer Scheidung stand sie mit den vier Kindern alleine da. Sie hat sich bis jetzt mehr oder minder schlecht durchgeschlagen, aber nun vertraut sie darauf, dass Sie ihr finanziell unter die Arme greifen."

Er legte den Aktenkoffer auf seine Knie, öffnete ihn und kramte umständlich ein Dokument heraus. „Hier, bitte! Das hat meine Auftraggeberin aufgestellt, eine Auflistung ihres Erbes. Sie verzichtet darauf, wenn Sie ihr die Hälfte der Summe in bar zukommen lassen." Er stand auf und wollte ihm die Stelle in dem Schreiben zeigen, als der Earl das Papier zusammenfaltete und ungelesen in seine Schublade verschwinden ließ.

„Was erlaubt sie sich! Hetzt mir hier einen Anwaltsgehilfen auf den Hals, um mich zu ruinieren?" Sein bohrender Blick machte dem Anwaltsgehilfen Angst: „Soll ich gehen, Sir?"

„Und nennen Sie mich nicht Sir! Mein vollständiger Titel ist: Laird Fitzgerald, 10. Earl of Glenavon! Sie dürfen aber gerne My Laird zu mir sagen. Ich erlaube Ihnen, eine Nacht hier oben im Gästezimmer im 2. Stock zu verbringen. Das ist mehr, als ich für Sie und meine Sippschaft zu tun gedenke!"

Er stand auf, nahm sein Tablett und ging damit in sein Arbeitszimmer. Bei seinem ungeliebten Gast blieb er kurz stehen und erwähnte halblaut aber sehr bestimmt, dass sich sein Gast jetzt zurückzuziehen hatte. „Ich wünsche, nicht mehr gestört zu werden! James wird ihr Gepäck hochbringen, wir speisen um 18.ooh im Saloon. Und kein Wort mehr über ihren dämlichen Auftrag! Ihr seid Aasgeier, allesamt!"

Damit war das Gespräch einseitig beendet.

49

Im Keller des Gästehauses ging Douglas wie ein Tiger auf und ab. Wer war dieser Besuch, der im Herrenhaus angekommen war? Eine weitere Bedrohung für ihn? Mit zitternden Händen streute er aus der Plastiktüte das weiße Pulver auf den Tisch, formte mit einem Pappstreifen daraus eine Linie, schnupfte zuerst die Hälfte in das eine, den Rest in das andere Nasenloch und lehnte sich im Sessel zurück. Sein Hirn schien zu explodieren, ein paar Blutstropfen perlten aus der Nase, denn seine Schleimhäute waren völlig vernarbt und konnten das extreme Gift nicht mehr abstoßen. Ein Blitzlichtgewitter durchraste seinen Kopf und dann, plötzlich konnte er wieder klar denken. Das Zittern legte sich und ein wirres Lächeln war die eindeutige Antwort darauf, dass er den richtigen Moment abwarten müsste, um den ungeliebten Gast ins Jenseits zu befördern, wer auch immer das war. Er schloss die Augen und genoss die Ruhe, spürte keine Kälte, roch den modrigen Geruch nicht mehr und streckte sich auf dem alten Ledersofa aus, dass mit Stockflecken und Schimmelsporen so gefleckt war, wie der räudige Hund, der ihm im Moor zugelaufen war. Das ergab sich so, denn der alte Jagdhund, der sich an den Leichen vergangen hatte, war von ihm erschlagen worden und fand daraufhin seine letzte Ruhestätte neben den bisherigen Opfern in dem morastigen, todbringenden Schlamm. Der neue Hund, ein wilder Bastard schien nicht Bellen zu können. Er war Knie groß und jagte mit Vorliebe die Ratten, die sich zu hunderten in dem morschen Gemäuer tummelten. Ihn störte das quietschende Gejaule nicht, wenn er wieder einen fetten Nager im Maul hatte und ihm mit wildem Kopfschütteln das Leben nahm. Er schlief dabei seelenruhig. Der Gedanke an den Fremden und die verschlossene Tür neben ihm, waren die einzigen Minuspunkte, die ihn im Traum wild zucken und um sich schlagen ließen.

Nach einer Woche kam Hamish Mc Gordon am frühen Morgen in ihr Büro. Er hielt eine gefüllte Papiertüte in seiner Hand. „Wer hat Hunger?" Dann zog er vorsichtig ein rund gebackenes Etwas heraus. „Machst du uns einen starken Tee?" fragte er Ian, der zum Schrank ging und dabei hungrig auf den flachen Kuchen schielte. „Du kennst mich gut, Hamish! Bannock, wann hab ich den das letzte Mal gegessen?"

Als sie so vertraut zusammen saßen, stand natürlich die Frage im Raum: „Erfolgreich gewesen?" Der Inspector außer Dienst grinste: „Und wie!" sagte er. „Aber zuvor ist mir da im Pub gestern Abend etwas zu Ohren gekommen, das hab ich jetzt schon öfter gehört. Der Bruder des Earls, Douglas ist nicht mehr in der Klinik. Er soll irgendwo im muir hausen und vielleicht hat seine kindliche Seele mit den Morden zu tun."

„Wer behauptet, dass Douglas nicht mehr in der Klinik ist?"

„Hab ich recherchiert! Es stimmt! Die Leitung des Hospitals hat mir Auskunft darüber gegeben, zwar widerwillig, aber mein Dienstausweis hat ihr Erinnerungsvermögen beschleunigt! Und es gibt mehrere Torfstecher und Arbeiter, die beschwören können, dass Douglas oft im Pub „Devil`s Inn" zu Gast war und spendabel eine Runde nach der anderen ausgegeben hatte."

„Also suchen wir nach dem Bruder des Earls, nach Douglas?"

„Sinnlos! Keiner weiß, wo er wohnt, woher er das Geld hat. Selbst sein Bruder Fitzgerald hatte nur ein müdes Lächeln für mich übrig, als ich ihm davon erzählte. Gerüchte wären das! Nichts davon wäre wahr, denn sein Bruder sei in der geschlossenen Anstalt und würde nie wieder freikommen. Weshalb sollte er sonst gezwungen sein, den Aufenthalt so teuer zu bezahlen? Er zeigte mir sogar seinen Bankauszug, der die monatlichen Überweisungen bestätigte. Ich verschwieg natürlich, dass ich andere Informationen darüber hatte. Für mich scheidet der Earl Fitzgerald jedenfalls aus!" Dann legte er die Ergebnisse vor, die er aus Dundee und Edinburgh hatte.

James begleitete den fremden Gast am nächsten Morgen kurz vor Mittag zur Tür. „Ihr Taxi wird vor dem Haupttor auf Sie warten, Sir! Ich wünsche eine angenehme Reise, guten Tag!"

Da stand er nun, der arme Anwaltsgehilfe. Sein Auftrag war völlig fehlgeschlagen. Musste er sich etwas vorwerfen? War er die Sache falsch angegangen? Er wusste es nicht, hob seine zwei Koffer auf, ging die Treppe zum Kiesweg herunter und schleppte sich die Zufahrt hoch, zurück zum Tor.

Es kam einem Rausschmiss gleich, was dieser griesgrämige Adelige da mit ihm veranstaltete, aber es kam noch besser!

Das große Tor war verschlossen, nur daneben stand das kleine Gartentor auf, von dem bestellten Taxi war nichts zu sehen.

Auf der anderen Seite des Weges stand ein schäbig gekleideter Mann, die zerschlissene Schirmmütze tief im Gesicht, schauten nur seitlich ein paar rote Strähnen hervor.

Er zeigte auf seine Handkarre: „Das Gepäck, Sir! Ich bring Sie zur Straße. Das Taxi wartet dort!" Ohne auf eine Antwort zu warten, nahm er die beiden Koffer und legte sie in die Karre.

Mit einem auffordernden Blick schaute er den Fremden an: „Was ist? Soll ich vorgehen?" Douglas nickte und der Mann murmelte kopfschüttelnd: „Gastfreundschaft sieht anders aus!"

Der Anwaltsgehilfe folgte dem Mann widerwillig: „Sind Sie wirklich sicher, dass wir hier ein Taxi finden?"

Douglas schmunzelte, zog seinen Dolch, ließ die Karre stehen und kam auf den Ahnungslosen zu: „Sie werden gleich da sein, wo Sie hingehören!" sagte er und stach dem Mann die Klinge in den Unterleib, grinste ihn an und hob das scharfe Messer noch einmal weiter an, bevor er es mit Wucht verdreht wieder herauszog. Douglas hasste dieses gurgelnde Geräusch, wenn die Lunge keine Luft mehr ziehen konnte und sein Opfer stattdessen Blut spuckte. Er wandte sich ab, reinigte den Dolch mit einem Papiertaschentuch und legte beide Sachen in die Karre, neben die beiden Koffer.

Wie ein Käfer auf den Rücken, mit weit aufgerissenen Augen, lag der Fremde kurze Zeit später auf seinem Gepäck in der Karre, die Douglas durch den befestigten Pfad in das muir zog. „Die alte Stelle ist mir zu weit, ihm wird es egal sein, wo er seine letzte Ruhe findet!" Während der Mann, mit Steinen beschwert glucksend in dem schwarzen Morast verschwand, durchwühlte Douglas die beiden Koffer. Vielleich würden sich noch ein paar brauchbare Sachen finden!

Es war schon später Nachmittag, als er in einem weiten Bogen wieder an die hintere Mauer des Anwesens kam und eine halbe Stunde später im Keller das weisse Pulver in die Nase zog. Er war mit sich zufrieden, denn er war frühzeitig am Tor gewesen und hatte den bestellten Wagen fortgeschickt, sich auf seine Karre gesetzt und gewartet. Seine Rechnung war auch diesmal aufgegangen.

Am Abend ging er in sein Stammlokal „Devil`s Inn". Er wollte schließlich dort gesehen werden und eine Aura schaffen, sich des Aberglaubens der Menschen bedienen und immer wieder den wilden, berüchtigten Geist der Highlands beschwören, den „Diabhol as Gaidhealtachd." Er musste einen Mythos schaffen, eine Möglichkeit, die sein Leben im Untergrund erklären oder vielleicht sogar unterstützen könnte. Die Arbeiter hielt er mit Drinks gut bei Laune. Sie waren für ihn der richtige Ausgleich für das seltsame Leben, dass er sich ausgesucht hatte.

Er belohnte sich nun jedes Mal damit, wenn er den letzten Gang eines weiteren, mit ihm verwandten Menschen oder eines vorwitzigen Zeugen auf die gleiche Weise beschleunigt hatte.

Das Moorgebiet, muir genannt, war hoffentlich groß genug, um ihm noch etliche Jahre auf diese Weise zu dienen, denn er wusste nicht, wie viele seiner Verwandten noch auf die Idee kommen könnten, sich hier in den Highlands niederzulassen . .
wo doch ein Teufel sein Unwesen trieb . . .
der Diabhol as Gaidhealtachd . . . .

Am nächsten Morgen schlug sein Bastard knurrend an und er sah, wie der Butler James mit einem Fernrohr um das Gästehaus schlich. Wenn ihn sein Hausherr geschickt hatte, so musste er nun handeln, denn es war mittlerweile nur noch eine Frage von Tagen, wann man ihm auf die Schliche kommen würde. Lange konnte er sich nicht mehr unsichtbar machen und so versteckt agieren . . . die Lebensuhr des 10. Earls und die seines treuen Dieners waren soeben abgelaufen. Es waren die beiden Letzten, die offiziell noch im Castle lebten.

James machte es ihm sehr leicht, denn am Abend schlich er schon wieder alleine durch den Park.

Mit seiner abgetragenen Kleidung und der tief ins Gesicht gezogenen Kappe, kam Douglas aus dem muir und ging auf den erstaunten Diener zu. „Was machen Sie hier? Das ist Privatbesitz!" Er leuchtete ihm ins Gesicht. „Wer sind Sie?"

„Douglas Glenavon, Sir! **Ich** gehöre hierher!" Er kam langsam auf den Butler zu, um ihm dann plötzlich und unerwartet seinen Dolch mit voller Wucht in die Brust zu stoßen.

„Sie sind hier nur angestellt . . . " flüsterte er.

Dann riss er die Klinge wieder an sich und ließ den Mann leblos zu Boden gleiten: „Ich entlasse Sie aus den Diensten des Earls!" sagte er, ließ ihn achtlos auf dem Boden liegen und holte die Handkarre, um sein Werk zu vollenden. Es wurde für ihn zur Routine und schmunzelnd dachte er darüber nach, wie sich wohl seine Opfer auf dem Grund des Moores stapelten.

Er funktionierte wie ein Uhrwerk, als er die schweren Steine mit dem Unglücklichen zu einem Paket zusammenschnürte.

Ein aufgeschrecktes Moorhuhn flatterte ein paar Meter über die glatte Fläche und landete wieder. Der Mond tauchte die Szenerie in ein schwarz-weißes Gemälde, vom zarten Gelbton der Blumen abgesehen. Ein Platschen, ein saugendes Geräusch und auch diese leblose Masse grub sich blubbernd langsam immer tiefer in das nasse Grab.

Als er um Mitternacht wieder in den Park zurückkam, schlich er dank des Schlüsselbundes, das er dem Diener abgenommen hatte, durch die Hintertür ins Castle. Nun musste er seine angefangene Arbeit auch endlich vollenden. Als er die Stufen zur Parterre betrat knarrten unter seinen Schritten ein paar alte Holzstufen. Er lächelte. „Immer noch nicht repariert! Die gleichen, wie in seiner Kindheit!" dachte er dabei und ging ungeachtet der Geräusche einfach weiter in die Eingangshalle. Er war gerade dabei, die Tür zur Küche zu öffnen, als er die Stimme des Earls aus dem oberen Stockwerk hörte.

„James? Ich bin hier oben, im Arbeitszimmer! Bringen Sie mir bitte meinen Tee und die Shortbread, wie üblich! Haben Sie draußen etwas entdecken können? Sie waren lange im Park!"

Douglas antwortete nicht darauf und ging die breite Treppe hoch. Diese Stufen, aus italienischem Marmor konnten kein verräterisches Geräusch erzeugen. Im oberen Flur sah er sofort den hellen Schein, der aus einer geöffneten Tür heraus schräg auf den dicken Teppichflor strahlte. Entschlossen atmete er noch einmal tief durch, denn nun war es soweit. Er war kurz vor seinem Ziel. Wie lange hatte er auf diesen Augenblick gewartet? Was hatte er alles auf sich genommen, um sich an dem kinderlosen Besitzer des Castles zu rächen. Für die Unfreundlichkeit und die langen Wochen und Monate, die er im Untergrund hatte verbringen müssen. Kein Mensch wusste nun noch, dass er frei und ungehindert hier im Park herumgelaufen war, im Gästehaus geschlafen und gemordet hatte. Alle Zeugen oder solche, die berechtigte Zweifel gegen ihn gehegt hatten, ruhten im muir, dem weitläufigen Moorgebiet. Nun galt es, auch den finalen Schlussstrich zu ziehen und sein lange geplantes Vorhaben in die Tat umzusetzen. Er zog den Dolch, versteckte ihn hinter seinem Rücken und schlich sich zur Tür.

Im Büro der Crime Police in Glenshee

„Wir werden nicht umhinkommen, das Anwesen auf den Kopf zu stellen!" Inspector Carpenter glaubte wirklich, damit dieses alberne Geschwätz über Geister und Teufel aus den Highlands zum Schweigen bringen zu können.

Diesmal ging er in die Offensive und rief noch vor dem Staatsanwalt seinen Supervisor an. „Bevor Sie mich wieder blamieren und für verrückt erklären, würde ich immer noch dringend die ausstehende Durchsuchung von Glenavon – Castle durchführen, Sir!" „Haben sich denn Ihre Vermutungen bestätigt? Ich hörte davon, dass Sie unseren alten Inspector Hamish Mc Gordon zu Rate gezogen haben, stimmt das?" Carpenter straffte seinen Körper und antwortete selbstbewusst: „Stimmt! Und ich arbeite immer noch sehr eng mit ihm zusammen! Er kennt die Menschen, die Gegend und den Earl sehr gut und kann uns nun dabei behilflich sein, die Sache so geschickt, wie möglich . . . " Sein Chief unterbrach: „Und alles ohne meine Einwilligung? Ich hörte sogar, dass sich dieser Pensionär erlaubt, seinen alten Dienstausweis vorzulegen! Meinen Sie nicht, dass Sie mit Ihren Aktionen zu weit gehen?" „Nein, Sir!" antwortete Carpenter selbstbewusst. „Sie werden sehen, dass letztendlich der Erfolg zählt und nicht der Weg, der uns dahin gebracht hat! Das Castle ist der Schlüssel zu den Fällen! Das ist nicht nur meine Meinung. Alle Spuren führen ins Tal des Avon. Bekomme ich nun endlich Ihren Segen für den Durchsuchungsbeschluss?" Carpenter hörte, wie sein Chief tief durchatmete und dann sehr bestimmt antwortete: „Beweise! Sichere Hinweise darauf, dass wir uns nicht bis auf die Knochen blamieren, sollten wir dort nichts Greifbares finden! Bevor sich nichts Neues in dieser Richtung ergibt, keine Durchsuchung, verstanden?" Er hatte verstanden und schüttelte verständnislos den Kopf.

Er bückte sich und öffnete die Tür seines Schreibtisches, als seine beiden Kollegen das Büro betraten. Zum ersten Mal in seiner Laufbahn beim Criminal investigation department nahm er die kleine, flache Metallflasche mit Malt-Whisky, die ihm sein Vorgänger zum erneuten Einstand geschenkt hatte, öffnete sie und setzte sie an den Hals. Wärmend lief die ölige Flüssigkeit durch seine Kehle. Hamish grinst, während Ian den Mund weit aufriss: „Chief! Was machst du denn da?" Hamish antwortete an seiner Statt: „Jetzt hab ich doch noch Hoffnung, dass er ein Highlander werden könnte, slainte!"

Er kam zu ihm und schlug ihm auf die Schulter. „Du hast mit dem Supervisor gesprochen und eine Rüge erhalten, stimmt`s?" Carpenter nickte: „Woher weißt du?" Hamish lachte laut auf: „Das pfeift doch das Moorhuhn durch die Gegend, dass der Chief der beste Freund der sogenannten hohen Herrschaften ist. Er wird zu jedem Treffen eingeladen und will deshalb nichts unternehmen, was dieses Verhältnis stören könnte. Das war schon früher so, als ich hier im Amt war. Hat nichts mit dir zu tun, zieh dir den Stiefel nicht an!" Er kam lächelnd auf ihn zu, nahm ihm ungefragt die Metallflasche aus der Hand und genehmigte sich einen großen Schluck. Dann verstellte er seine Stimme, damit er so ähnlich klang wie der Supervisor: „Beweise! Wenn nicht, dulde ich dieses Vorgehen nicht! Dann muss ich Sie ernsthaft ermahnen! Verstanden?" Er fand das so amüsant, dass er sich mehrfach auf die Schenkel klopfte. „Der ist nur durch Beziehungen an diesen Posten gekommen. Er war nie im Außendienst und hat von der wirklichen Arbeit keine Ahnung! Wir leben damit und du wirst auch lernen, damit umzugehen. Im schlimmsten Fall hast du ja den Seelentröster von mir!" Er nahm noch einen Schluck und gab ihm die halb geleerte Flasche zurück. „Ich wird sie dir morgen wieder auffüllen, denn du wirst noch oft mit ihm sprechen und deinen Frust weiterhin herunter spülen müssen!"

Fitzgerald sprach mit seinem vermeintlichen Diener, während er tief gebückt über seinem Schreibtisch hing und einige Notizen machte: „Stellen Sie den Tee auf den Tisch, James!"
Der Eindringling ging langsam auf den Schreibtisch zu und es dauerte ziemlich lange, bis Fitzgerald den Kopf hob. Er erschrak so heftig, dass er seitlich vom Stuhl rutschte und sich den Kopf anschlug: „Was machen Sie . . . wer sind Sie?"
„Aber, aber! Wer wird denn so schreckhaft sein?" Der Earl raffte sich zusammen und zog den Stuhl zu sich, um wieder darauf Platz zu nehmen. „Stell dich nicht so an! Du wolltest doch nicht, dass sie alle immer nur vom Erben sprechen, oder!"
„Woher . . . wieso wissen Sie?" er musterte den Fremden, der hier so unverhofft mitten in der Nacht eingedrungen war. Endlich schien er das Gesicht zu erkennen: „Bist du`s?"
„Bin ich`s?" äffte ihm der Mann nach und ging hinter dessen Rücken. Fitzgerald atmete schwer und der kalte Schweiß brach ihm aus allen Poren. Todesangst überkam ihn. „Ich wollte nicht, dass du in dieser Klinik weggesperrt würdest, du musst mir glauben!" Der Mann, der so dicht hinter ihm stand, dass er seinen heißen Atem im Genick spürte, antwortete nicht darauf. Stattdessen holte er aus und rammte seinen Dolch tief zwischen die Schulterblätter des überraschten Earls. Er verdrehte die Augen und weitere Fragen blieben ungestellt im Hals stecken. Ein ekelhaftes Röcheln und das verzweifelte aber vergebliche Ziehen nach Atemluft folgten. Er fiel auf die Schreibunterlage und das Griffstück der eingedrungenen Klinge wippte noch ein wenig nach. Ein letztes Zucken und es war vorbei.
Diesmal machte er sich nicht die Arbeit, sein Opfer im muir verschwinden zu lassen. Er hob mit einem Taschentuch den Telefonhörer von der Gabel und wählte die Nummer des Criminal investigation department: „Den Inspector, bitte!"
Es dauerte nur ein paar Minuten und er meldete sich: „Inspector Mc Carpenter, ja bitte, Sie wollten mich sprechen?"

„Hier ist ein Mord geschehen, Sir!" Carpenter schluckte und schaltete den Lautsprecher an seinem Telefon ein: „Hier? Wo ist hier?" fragte er und der Anrufer entgegnete mit einer seelenruhigen Stimme klar und deutlich: „Glenavon–Castle! 1. Etage, Arbeitszimmer! Douglas hat seinen Bruder Fitzgerald soeben hinterrücks erstochen. Sie brauchen sich nicht zu eilen, er war sofort tot!" Das Klicken in der Leitung beendete das Gespräch. „Wenn der das so genau wusste, so wird er noch am Tatort sein! Fahren wir!" Es dauerte keine zehn Minuten, als die Wagenkolonne mit kreischenden Reifen von dem asphaltierten Singletreck abbog und durch das weit geöffnete Tor über den Kiesweg auf das Haupthaus zuraste.

Die Ereignisse hatten sich überschlagen und ein dringendes Eingreifen erfordert. Kurzerhand war der Staatsanwalt mit ihnen gefahren, da man annehmen musste, gegebenenfalls nicht so ohne weiteres eingelassen zu werden. Zum großen Erstaunen der angerückten Beamten stand die Eingangstür genauso weit auf, wie eben das Haupttor. Alle Lichter im Haus brannten und sofort schwärmten die Einsatzkräfte routiniert auseinander. Mehrere Bobbys stellten Scheinwerfer auf und nach weiteren Minuten erstrahlte das Castle in hellem Licht. Einige durchkämmten den einsamen Park, andere hielten sich an die strikten Anweisungen der Crime – Police. Schnell waren sie in der angegebenen Etage fündig geworden. Fitzgerald lag mit dem Oberkörper vorgebeugt auf dem Schreibtisch. Zwischen den Schulterblättern ragte der Griff eines Dolches heraus, der bis zum Schaft eingedrungen war und laut dem Polizeiarzt zum sofortigen Tod geführt hatte. Was die Beamten verwunderte, war die Tatsache, dass es keine Einbruchspuren gab und keine Gegenwehr des Hausherrn erfolgt war. Wie konnte ein Fremder so einfach in das Arbeitszimmer des Earls gelangen. Es sprach viel für den gesuchten Bruder, der als Täter dringend tatverdächtig war.

Finale ?

Als sie endlich ihre Durchsuchung beendet hatten und die Spurensicherung ihre Arbeit aufnahm, ging Hamish in den weitläufigen Park. „Mc Gordon? Wir sind hier fertig!" rief ihm Ian nach, der am Auto wartete: „Wo willst du hin?" Detective Blackville bat die anderen Kollegen, noch einen Augenblick zu warten. „Hamish hatte schon immer die Spürnase eines Hütehundes. Wartet hier! Ich will sehen, was er vorhat!"
Er schlug die Autotür zu und folgte seinem ehemaligen Chief durch in die weitläufige Parkanlage. „Hast du was gefunden?" fragte er ihn und der Inspector nickte und zeigte auf das hintere Ende der Mauer, weitab von Herrenhaus, auf ein völlig zugewachsenes Gebäude. „Das ehemalige Gästehaus, kaum einzusehen und nur zwei Meilen vom muir hinter der Mauer entfernt. Hier hatte noch niemand gesucht. Von hier aus wäre es durchaus möglich gewesen, die Personen verschwinden zu lassen, ohne den Weg oder die Straße benutzen zu müssen."
Mutig ging er auf die total verfallene Ruine zu. Es stank nach altem Moder, verfaultem Fisch und nach einer Jauchegrube. Hier sollte etwas zu finden sein? Als er die eisenbeschlagene Holztür anfasste, zerbröselten die Bretter und fielen in sich zusammen. Ein ekelhafter Dunst zog ins Freie, als wäre nun ein Durchzug entstanden. Sie kämpften sich durch die heruntergestürzte Deckenverkleidung und die eingefallenen Türrahmen bis nach ganz unten. Hier, im Kellergewölbe schimmelte altes Mobiliar vor sich hin. Der helle Kranz seiner Taschenlampe huschte gespenstisch über den Unrat und Müll von Jahrzehnten. „Warst du schon einmal hier?" fragte Ian den pensionierten Inspector, der sich ein Taschentuch vors Gesicht gepresst hatte: „Dir konnte ich noch nie etwas vormachen! Ja, als Kinder haben wir hier gespielt, Fitzgerald, sein Bruder Douglas und ich. Hier war die Küche der Bediensteten!"

Spinnweben in solchen Mengen hatte Ian noch nie gesehen. Mit einer Dachlatte machten sie sich den Weg frei, bis sie vor einer verschlossenen Tür standen. Hamish zögerte keinen Augenblick und trat mit voller Wucht die maroden Bretter ein, die teilweise zu Staub zerfielen. Sie mussten ein paar Schritte zurückgehen, denn eine dichte Staubwolke nahm ihnen die Atemluft und die Sicht auf das Innere. Es dauerte eine Weile, bis sich die Umrisse eines Stuhls deutlich abzeichneten. Sie wollten forsch weitersuchen und erstarrten!

Der Lichtkegel der Taschenlampe zeigte eine total verweste Leiche, die in dem Sessel hing. Erst auf den zweiten Blick konnte man erahnen, dass es sich um einen Mann zu handeln schien. Man konnte schütteres, ehemals rotes Haar erkennen. In der rechten Hand hielt er ein Stück Papier, in der linken ein Schlüsselbund, das wie sich später herausstellen sollte, zu allen Türen im Castle passte. „Wir können hier nichts mehr machen! Schick die Spusi hierher, der Fall ist erledigt, glaub mir!"

Bei der späteren Untersuchung kam auch heraus, dass das Papier ein Rezept für ein sehr starkes Medikament war.

Das Datum verblüffte die Beamten, denn es war erst vor einer Woche auf den Namen Douglas Glenavon ausgestellt worden. Es stellte sich zudem heraus, dass es sich bei der mumifizierten Leiche eindeutig um den Gesuchten handelte, der allerdings nach Angaben der Gerichtsmedizin schon seit mindestens fünf Jahren tot sein musste. Trotzdem hielt er das Rezept und die Schlüssel in seinen Händen. Da alle Beobachtungen der vielen Zeugen davon ausgegangen waren, dass es sich bei dem Massenmörder um Douglas gehandelt hatte, war die Auflösung nun für alle ein Schock.

„Diabhol as Gaidhealtachd!" raunte Hamish.

Carpenter musste wohl wirklich noch viel lernen, wenn er die ungeschriebenen Gesetze der Highlands verstehen wollte.

Ein Toter als Massenmörder? Wie sollte das gehen?

Alle Zeugen sagten unter Eid aus, dass es Douglas gewesen war, der in den letzten Monaten und Wochen im „Devil`s Inn" großzügig und spendabel an ihrem Tisch gesessen und mit ihnen getrunken hatte. Sogar ein leitender Arzt aus der Klinik war unter den Zeugen. Er musste zugeben, dass er den früheren Patienten mit Rauschgift und Bargeld versorgte, um sein Verschwinden aus der Klinik nicht öffentlich werden zu lassen, denn schließlich zahlte der Earl weiter dafür, dass sein Bruder immer noch in der geschlossenen Anstalt festgehalten wurde. „Wir hätten die Klinik schließen können! Verstehen Sie doch!" rechtfertigte sich der Mediziner. „Er war doch harmlos wie eine Kirchenmaus. Gab man ihm seinen Stoff, so war er selig und zufrieden. Was, so frage ich Sie, sollte ein so kindliches Wesen denn anstellen können?" Die Beamten der Crime police waren zum Schweigen verdammt, denn der Supervisor hatte eine Nachrichtensperre verhängt und alle in die Pflicht genommen, damit nicht noch mehr Unruhe in ihrem Distrikt entstehen könnte. Er war derselben Meinung, wie Hamish und ließ den Lowlander noch einmal zu sich kommen: „Wir müssen das alles nicht verstehen, Donald Mc Carpenter! Gönnen Sie sich einen erholsamen Urlaub und denken Sie nicht mehr darüber nach! - Diabhol as Gaidhealtachd!

Er treibt sein Unwesen nicht erst seit diesen Tagen! Nehmen Sie es einfach hin, es gibt Dinge, die können wir nicht erklären! Die kann keiner erklären!"

Das war kein Witz, es war die normalste Realität, der er sich zu unterwerfen hatte. Man sprach nicht mehr über das Vergangene und nahm es tatsächlich einfach so hin. Carpenter tat sich sehr schwer damit, nun alles wieder ins Archiv zu legen und zum normalen Tagesgeschehen zurückzukehren.

Es ließ ihn nicht los, aber was sollte er machen? Wo sollte er anfangen und wonach sollte er überhaupt noch suchen?

Alle Beteiligten waren der gleichen Meinung und er konnte die gälischen Erklärungen, dass es sich um den Teufel der Highlands handeln sollte, nicht mehr hören. Hamish schien zu ahnen, was in dem Lowlander vorging.

„Donald, mal ganz ernsthaft! Warum grämst du dich so? Was quält dich denn immer noch? Betrifft es dich persönlich oder hast du Angehörige verloren? Also sag, was willst du? Wir werden dem Geheimnis nicht mehr auf den Grund gehen können. Alle Indizien sind eindeutig, es gibt hier schon seit jeher Geister, na und? Es gibt gute Wesen, good fellows, fable creatures, und es wirken in anderen Gegenden unsere kelpies, Gnome und Wichtel. Noch nie etwas von Nessie im Loch Ness gehört? Warum wird immer wieder so oft von dem Monster berichtet? Und dann sind da eben auch die anderen, denen man mit Vorsicht begegnen sollte. Der Grey Man of Ben Macdhui, der sein Unwesen in den Bergen oberhalb von Aberdeenshire treibt, oder die weiße Frau, die als Geist das Unheil vorhersagt und dann natürlich immer wieder Satanus! Der Deil, Dona olk, der es schafft, in unterschiedlichen Gestalten zu erscheinen.

So wie eben der Diabhol as Gaidhealtachd, mit dem wir es hier, allem Anschein nach, zu tun gehabt hatten. Wenn du dich damit nicht abfinden kannst, so rate ich dir dringend, dich ganz schnell wieder versetzen zu lassen, denn dann bist du hier fehl am Platz! Hör endlich auf meinen Rat und lerne Gaelic, trink dir ein drum Malt Whisky und lass die Gegend auf dich wirken! Wir gehen heute Abend ins Devil`s Inn, geh doch mit! Hast du je am Wochenende Ceilidh erlebt? Wenn die Gäste ihre Hausmusik machen und feiern, bis in die frühen Stunden? Dann wirst du das alles verstehen, entspann dich und vertrau mir!" Carpenter willigte ein, ging mit und verstand . . .

Epilog

Alle Nachkommen und potentiellen Erben waren tot oder verschollen. Wer sollte nun das riesige Vermögen und das Castle erben und seinen Besitz verwalten, es war doch keiner mehr da . . . oder doch?

Nach Abschluss der Untersuchungen wurden die Fälle ad Acta gelegt und zwei Wochen später meldete sich ein junger Mann bei den ehemaligen Anwälten Walker u. Sons:

„Leyster, Sean Leyster mein Name. Sind Sie Mr. Walker?"

Der junge Anwalt war solche Fragen gewohnt: „Sorry, Sir, aber die Gründer dieser Kanzlei sind schon lange verstorben. Ich habe sie übernommen, Hamilton, Dr. Hamilton. Was kann ich für Sie tun? Meine Sekretärin sprach davon, dass es sich um Glenavon – Castle handeln würde, wie soll ich das verstehen?"

„Nun, meine Mutter bat mich, nach ihrem Tod hierher zurückzukommen und mich bei Ihnen zu melden!" Er legte die Sterbeurkunde seiner Mutter vor, die damals ausgewandert war.

„Und Sie sind . . ." Der junge Mann legte seinen Ausweis auf den Schreibtisch. „Meine Mutter war eine geborene Glenavon. Sie hat nach der Heirat den Namen ihres Mannes, meines Vaters angenommen!" Hamilton hob den Hörer und bat seine Sekretärin ins Büro. „Kaffee, Tee?" fragte er den Gast und erklärte, dass er sich die Unterlagen der Familie genau anschauen und prüfen müsste: „Wenn ich das hier richtig sehe, sind Sie der einzige und letzte Erbe von Glenavon – Castle!"

Der junge Mann fasste sich an die Brust: „Ist das gut oder schlecht?" fragte er Hamilton und der lächelte: „Wenn Sie keine Angst vor Geistern haben, so werden Sie ein prachtvolles Erbe antreten können. Die Earls of Glenavon haben immer selbst hier gewohnt und wenn es Ihnen nichts ausmacht, so werde ich die Überprüfung vornehmen und die entsprechenden Dokumente ausstellen lassen. Wo sind Sie untergekommen?"

„Ich bin im Kings Hotel in Alyth abgestiegen. Ich dachte, es gäbe ein paar Formalitäten zu klären und dann wollte ich zurück nach Canada." Der Notar stand auf: „Wenn sich das bewahrheitet, was die Dokumente sagen, so wird es für Sie das Beste sein, das Erbe anzutreten, Sir!" Sean stand nun auch auf, gab Hamilton die Hand, nahm eine Visitenkarte aus der Tasche und legte sie zu den Unterlagen.

„Melden Sie sich, wenn Sie alles zusammenhaben. Hier ist noch ein Prospekt vom Hotel. Da müsste die Telefonnummer draufstehen. Vorläufig besten Dank und bis bald, hoffe ich!"

„Das hoffe ich auch, denn eine Suche nach den verbliebenen Erben war bisher erfolglos. Sie haben uns sehr viel Arbeit abgenommen!" Sean nahm seinen Mantel und den Aktenkoffer, ging die Treppe herunter und stieg in seinen Leihwagen. Bevor er zurück in sein Hotel fuhr, winkte er noch einmal dem freundlichen, hilfsbereiten Notar zu. Er war mehr als zufrieden, denn nun schienen sich die Arbeit und sein Handeln der letzten Jahre endlich bezahlt zu machen.

Zuerst war es das alles ja nur eine flüchtige Idee gewesen, aber daraus entsprang dann ein vager Plan und schließlich war er fest entschlossen, mit akribischer Feinarbeit da zu landen, wo er jetzt war, am Ziel seiner Träume, seiner kühnsten Träume! Im Zimmer nahm er zitternd eine kleine Plastiktüte aus der Jackentasche und schüttete das weiße Pulver auf die Glasplatte des kleinen Tischchens. Mit seiner Kreditkarte schob er das Rauschgift zu einer Linie, drehte einen Geldschein zu einem Röhrchen und schupfte dann das Pulver abwechselnd in beide Nasenlöcher. Sekunden später machte sich der Giftstoff in seinem Körper bemerkbar. Er wurde ruhiger, konnte besser denken und betrachtete seine Umgebung und sich selber mit großer Genugtuung. Als er kurze Zeit später entspannt auf seinem Bett lag, ließ er den heutigen Tag und die Geschehnisse der letzten Jahre vor seinem geistigen Auge Revue passieren.

Dass er schon seit zehn Jahren unter dem Namen seines Onkels hier lebte, konnte niemand wissen. Er selbst hatte die Gerüchte verbreitet, dass dieser Onkel Douglas heimlich im muir leben würde. Sein Plan war einfach genial, perfekt!

Es begann damit, dass seine Mutter schwer erkrankt war und er ohne ihr Wissen versucht hatte, mit seinem Verwandten, Fitzgerald Earl of Glenavon zu sprechen, ihn um Geld zu bitten. Aber er war genauso wie alle anderen Bittsteller vor ihm, barsch abgewiesen worden.

Das sollte sich bitter rächen! Onkel Douglas, der mit seiner ehemaligen Amme und ihrem Mann im Gästehaus wohnte, war sein erstes Opfer. Nach weiteren Morden und ein paar Wochen später überraschte ihn Bridget Mc Barclay dabei, als er neben dem Sessel stand, in dem der echte Douglas saß, den er zuerst erwürgt hatte. Die Amme war völlig überfordert. Sie schrie auf, denn plötzlich sah sie zwei völlig identische Männer vor sich! Der eine saß tot im Sessel, der andere kam auf sie zu. Ihr Blick wechselte von einem zum anderen, dann wollte sie nur noch raus. Sie war jedoch wie gelähmt, zitterte und stand vor der Tür. Sie hatte die Klinke schon in der Hand, als er hinter ihr war und auf sie einredete: „Aber, aber! Du hättest eben nicht in den Raum gehen dürfen! Jetzt ist es zu spät, tut mir aufrichtig leid." Er blieb hinter ihr stehen, packte ihre Hände und hielt sie auf dem Rücken fest, während sich seine freie Hand um ihren Hals legte. Sie spürte den Druck seiner Finger, die sich wie ein Schraubstock zusammenzogen und ihr die Kehle abschnürte. Sie trat mit den Beinen nach hinten, versuchte ihre Hände frei zu bekommen und rang nach Luft . . . vergebens!

Das Blut staute sich und ließ ihr Gesicht dunkelrot anlaufen, es war ihr unmöglich zu schreien oder etwas zu sagen. Sie röchelte nur noch, bis er seine Hand zur Faust ballte und ihre Kehle zur Seite riss. Sofort erschlaffte ihr faltiger, alter Körper und glitt zu Boden. Sie war tot!

Er atmete tief durch, setzte sich an den Tisch, denn nun war es Zeit, eine Linie zu ziehen. Anschließend holte er die Handkarre aus dem Schuppen und entsorgte die Alte im angrenzenden muir. Seinen Onkel indes, ließ er im Lehnstuhl sitzen.

Dann, nach Monaten, hatten endlich alle Verwandten und Zeugen ihre letzte Ruhe im Sumpf gefunden. Nun galt es, seine gelegte Spur zu verfeinern. Er ging ein letztes Mal in den Kellerraum, in dem sein getöteter Onkel saß und schob der vertrockneten Leiche sein letztes Rezept unter die Hand. Alle Zeugen konnten bestätigen, dass Douglas dem Rauschgift trotz Entzug immer noch sehr zugetan war, das zumindest war beiden gemeinsam.

Nachdem er die Eingangstür von innen verriegelt hatte, legte er auch den Schlüsselbund des Dieners in den Schoß des Onkels. Dann stieg er durch die verborgene Falltür in den Keller. Als er auf der Leiter stand und die Holzklappe über sich wieder verschloss, musste er an die beiden Brüder denken, die im Abstand von ein paar Wochen nacheinander hier in den Park und danach zu dem Gästehaus gekommen waren. Zuerst hatte er den Älteren ins Haus gebeten und mit einem Versprechen in den Keller gelockt. Als dann später der neugierige kleinere Bruder, Hugh nach ihm suchte, folgte er seinem Bruder in den muir. Zu diesem Zeitpunkt war es noch möglich, die Falltür mit einem Hebel nach unten zu öffnen. Er sah jetzt noch die erstaunten Gesichter vor sich, als der Teppich unter ihnen nachgab und sie mit einem dumpfen Schlag im darunter liegenden Gang verschwanden. Er hatte in beiden Fällen kein Messer und auch keine Klaviersaite benötigt, denn mit einem Genickbruch im ersten und einer Schädelfraktur im zweiten Fall, hatte sich die Sache erledigt. Der Rest war Routine: auf die Handkarre, schwere Steine in einem Sack an den Körper gebunden und ab in den muir, der unersättlich schien.

Er stieg die letzten Stufen herab und verriegelte die Falltür.

Mit einer Dachlatte hob er vorsichtig ein paar Spinnweben von den seitlichen Wänden und klebte sie an die Leiterstufen und den Riegel. Sollte irgendwann einmal einer auf diesen Gang stoßen, so würde er nicht im Traum daran denken, dass er so immer wieder das Haus ungesehen verlassen und betreten konnte. Neben dem angrenzenden Schuppen trat er aus dem dichten Gestrüpp in die helle Mondnacht. Die morschen Bretter, die seitlich am Keller standen, stapelte er vor dem ehemals so wichtigen, niedrigen Ausgang auf, hob die Ranken des Efeus hoch und legte sie darauf. In ein paar Wochen würden die Dornenhecke und die Efeuranken von der hinteren Front Besitz ergriffen haben.

Er ging ein letztes Mal den alten Trampelpfad durch die hochstehenden Schilfgräser zu dem, von ihm eingerichteten Friedhof, dem muir. Wie oft er als Kind hierher gegangen war, den Torfstechern bei ihrer Arbeit zugesehen hatte, er wusste es nicht mehr. Aber die Pfade, die von den Arbeitern angelegt worden waren, schienen keinem anderen bekannt zu sein, was sich bei seinen Verbrechen nun ausgezahlt hatte. Selbst der abendliche Weg in die Stammkneipe am anderen Ende des Moorgeländes, dem Devil`s Inn verkürzte sich um mehr als eine Stunde. Alles war so friedlich und still, kein Laut war zu hören, sein Plan war aufgegangen. Den Koffer mit dem brisanten Inhalt hatte er mit Steinen beschwert und mit einer Eisenkette zusammengeschnürt. Die Handkarre war dabei ein letztes Mal zum Einsatz gekommen, eine schweißtreibende Arbeit, den 80 Pfund schweren Koffer zu versenken. Mit großer Genugtuung sah er zu, wie die Fracht mit einer Fontaine die Oberfläche traf und sofort verschwand. Ein paar Blasen zeigten nur noch die Stelle, an der alle Beweise nun endgültig von ihm entsorgt worden waren. Auf dem Rückweg sah er schon von weitem die vielen Blaulichter der Police. Er nahm den entgegengesetzten Weg und verschwand im Nebel.

Seine langjährige Tätigkeit als Maskenbildner im Lido von Toronto machte sich in den Highlands endlich bezahlt. Seine Spezialität waren Masken aus Latex, Perücken und Bart aus Echthaar. Er hatte sich auf seinen Onkel Douglas fixiert. Er kam seiner Statur am nächsten. Das Gesicht des Onkels wurde nun von ihm gezeichnet, modelliert und dann fertigte er mehrere Latexmasken an, damit er in seine Rolle schlüpfen konnte. Alles geschah in einem einsamen Cottage an der Ostküste. Endlich wagte er sich in die Öffentlichkeit und begab sich zurück nach Glenavon – Castle. Er versteckte sich in einer alten Köhlerhütte im angrenzenden Muir, bis zu dem entscheidenden Tag, als er Douglas im Keller des Gästehauses überraschte und seine Identität annahm. Zuerst war es ein mulmiges Gefühl, aber als er merkte, dass ihn die Köchin und der Gärtner nicht erkannten, war sein Plan aufgegangen.

Jeder, der den jungen Mann in seiner geschminkten Rolle als Bruder des Earls gesehen hatte, würde bezeugen, dass es sich um Douglas handelte. Er dankte der Erfindung des modernen Klebstoffes und der gefärbten Haare. Das war vor zehn Jahren gewesen und schon sehr lange her.

Mit zufriedener Mine schlief er ein und wartete geduldig auf das Ergebnis der Kanzlei, das nur bedeuten konnte, dass er in absehbarer Zeit offiziell als neuer Herr von Glenavon – Castle hier einziehen würde. Es war sein zweiter Versuch, denn nach der Abfuhr des Earls hatte er seinen Plan geändert und nun würde er sein Ziel erreichen, denn er bekam immer alles, was er wollte! Es ging schneller, als erwartet.

Nach einer Woche waren alle Papiere fertig und es war dem Anwalt wichtig, dass er persönlich die freudige Nachricht zu seinem Klienten ins Hotel nach Alyth bringen konnte.

Die Dokumente ernannten ihn zum 11. Earl of Glenavon. Er nahm den Mädchennamen seiner Mutter an und nannte sich:

Sean Leyster – Glenavon, Earl of Glenavon.

Der östliche Trakt des Herrenhauses wurde zu einem Hotel umgebaut und die unteren Räume des Westflügels machte er den Besuchern zugängig, gegen Eintritt. . . . versteht sich.

Das alte Mobiliar der adeligen Vorfahren wurde bestaunt und der neue Earl selbst führte durch die üppig ausgestatteten Zimmer und erzählte dabei manch rührige, manch gruselige Anekdote. Als ein kleines, vorwitziges Mädchen zu nahe an ein Klavier gekommen war und die Tasten drückte, kamen nur ein paar vereinzelte, plärrende Töne aus dem schwarzen Monster. Sean Leyster – Glenavon lächelte und erklärte stolz, dass dieses Musikinstrument schon länger im Familienbesitz sei und früher im angrenzenden Gästehaus, hinten im Park gestanden hätte. Es würden, so erklärte er schmunzelnd, ein paar Saiten fehlen, deshalb wäre es leider im Augenblick nicht mehr bespielbar. Als die Gruppe ins nächste Zimmer gegangen war und er die Schiebetür zu dem Musikzimmer zuzog, lächelte er und dachte an die verbliebenen Saiten im Klavier . . . falls doch noch einmal ein entfernter Verwandter auftauchen würde und hier untergebracht, schnell auf den Diabhol as Gaidhealtachd treffen sollte. Schließlich rühmte er sich damit, dass es im Park und im verfallenen Gästehaus spuken würde. Eine besondere Attraktion, die er den Gästen, wie auch den Besuchern als gruseligen Schauer gerne bot und dabei gestattete er ihnen sogar, die Gebäude zu fotografieren.

Aus gebührlicher Entfernung, versteht sich, denn er hatte Verantwortung für die Menschen, die ihm das Geld ins Haus brachten und ihm das sorgenfreie Leben ermöglichten, das er sich schon als kleines Kind immer gewünscht hatte, als er mit den Torfstechern ins Moorgebiet, dem muir hinausging . . . .

Es hätte alles so schön bleiben können . . . . wenn nicht . . . .
aber der Reihe nach!

Da war dieser erfolgreiche Tag, einer, wie viele zuvor.

Sean Leyster – Glenavon zählte zufrieden die Eintrittsgelder
der vergangenen Woche, als er den entsetzlichen Schrei zum
ersten Mal hörte. Ängstlich rannte er in den abgeschlossenen
Trakt, aus dem er diesen Angstschrei gehört hatte, der jetzt zu
einem stöhnenden Wimmern wurde. Er riss die Tür zum großen
Saal auf, rannte durch die Gänge und danach die Treppe herauf,
als es plötzlich still war! Totenstill!

Er hatte einen eingesperrten Gast erwartet! Einen Menschen,
der sich auf diese Weise bemerkbar machen wollte. . . . aber es
war niemand hier, als er unverrichteter Dinge alle Zimmer
durchsucht hatte. Er zog seine Stirn zusammen und grübelte.
Ein Zufall? Hatte ihm sein Gehirn einen Streich gespielt?

Die Tür war abgeschlossen gewesen und niemand außer ihm
hatte hier Zugang. Selbst die Putzfrau, die einmal die Woche
kam, um die Räume zu reinigen, musste sich von ihm
aufschließen lassen.

Verwirrt und grübelnd ging er zurück in sein Arbeitszimmer
und setzte sich an den Schreibtisch, um die Eintrittsgelder zu
verschließen. Die Eintrittsgelder!! Sie lagen doch eben noch
auf seinem Schreibtisch! Hatte er sie noch weggeräumt, bevor
er in den Nebentrakt gelaufen war? Er wusste es nicht mehr.

Auch am nächsten Tag blieb das Geld verschwunden.

Sollte etwa sein Butler Henry . . .?

Er wagte es nicht, den Gedanken zu vollenden.

Die weiteren Tage verflogen so, als wäre nie etwas geschehen
und er zweifelte schon selbst daran, diese Stimme überhaupt
gehört zu haben. Wenn da nicht die leere Kassette und das
fehlende Geld gewesen wären!

Es war schon sehr spät, als er an einem weiteren Abend den öffentlich zugängigen Anbau des Castles abschloss und sich in seine Privatgemächer zurückzog. Wieder war ein guter Tag vorbei. Zweihundert Besucher an einem Tag, das war das beste Ergebnis, wenn er sich die Kasse mit den Einnahmen ansah.

Nach dem supper, das ihm sein Butler, wie an jedem Abend im Speisezimmer aufgetischt hatte, nahm er die angebrochene Weinflasche und sein Glas, um damit ins Herrenzimmer zu gehen. „Sie können sich für heute zurückziehen, Henry."

Er war kurzfristig wohl etwas eingenickt, als er ein leises Geräusch neben sich hörte und zuerst seine Stehlampe und danach die gesamte Beleuchtung im Castle ausging.

„Henry?" Er tastete sich zum Telefonapparat und drückte die 1, die seinen Butler alarmieren sollte. Vergebens, denn auch die Stromversorgung für dieses Gerät war unterbrochen.

„Ein Gewitter?" murmelte er, „ich hab kein Donnern gehört!" Er lauschte in die dunkle Nacht, als ihn ein heller Blitz eines besseren belehrte. Doch der Lichtstrahl war nicht von draußen gekommen. Was war das? Blitze im Zimmer und kein Donner!

Da war es wieder! Jetzt hörte er den ängstlichen Schrei, der ihm schon vor Tagen zwei Nächte lang den Schlaf geraubt hatte. Diesmal folgte ein Flüstern und es war ganz nah bei ihm.

Er schaute zum Fenster und erstarrte, denn im hellen Flackern des Lichtes sah er zu seinem Entsetzen eine weibliche Person, die mit nassen, triefenden Haaren im Sessel saß und ihn aus tiefliegenden, dunklen Augenhöhlen ansah.

Er bekam einen Kloss im Hals, sein Hilferuf erstickte. Als er aufgesprungen war und zur Tür lief, kam ihm Henry entgegen. Der Butler hielt einen brennenden Kerzenleuchter in der Hand: „Stromausfall, My Laird!"

„Das hab ich schon selber gemerkt, Sie Schwachkopf! Was macht dieses Weib hier in meinem Zimmer?" Er zeigte wütend zum Fenster, doch Henry sah ihn nur erstaunt an. „My Laird?"

Sean wirbelte herum und erschrak! Er war alleine im Zimmer. Da war keine Frau!

„Soll ich nach den Sicherungen sehen, My Laird?"

„Wie? Was?" Sean kratzte sich unbewusst am Hals, obwohl es ihn dort nicht juckte. Ihm war übel. Genauer gesagt, ihm war kotzschlecht! Das Zimmer begann sich zu drehen, wie ein Karussell. Erst langsam, dann immer schneller, bis ihm schwarz vor den Augen wurde und er sich an der Sessellehne festhalten musste. „Ein . . . " krächzte er: „. . . Wasser, bitte!" Henry entgegnete: „My Laird? Ist Ihnen nicht gut? Sie halten ein volles Glas in der Hand!" Der Earl sah aus, als wäre er um Jahrzehnte gealtert. Sein volles Haar, an den Schläfen leicht grau, schien in den letzten Minuten schneeweiß geworden zu sein. Er zitterte, sein Glas fiel zu Boden und zerbrach.

Der Sessel rutschte zur Seite und nahm ihm den Halt. Bevor Henry reagieren konnte, schlug der adelige Herr der Länge nach auf den Boden. Der dichte Flor des Teppichs dämpfte seinen Aufprall, trotzdem blieb er verdreht auf dem Bauch liegen. Wahrscheinlich hatte er schon vor dem Fall sein Bewusstsein verloren. Henry stellte den Kerzenleuchter ab, bückte sich zu ihm und drehte ihn vorsichtig herum. Dann hob er ihn in eine sitzende Position. Mit einer Hand kam er so gerade an die Karaffe, die auf dem Tisch stand. Er tauchte sein Taschentuch hinein und legte es dann auf die Stirn des bewusstlosen Adeligen. Vorsichtig fasste er sein Kinn und schüttelte den Kopf des Earls: „My Laird! Machen Sie mir keinen Kummer! Öffnen Sie die Augen, bitte!" Wie aus weiter Entfernung kamen die Worte des besorgten Butlers an seine Ohren. Die Lider flackerten, die Mundwinkel zuckten und dann öffnete er mühsam die Augen und schaute in das grelle Licht der Stehlampe. „Was ist passiert?" Henry half seinem Herrn auf und geleitete ihn stützend zum Sessel zurück. „Sie waren unpässlich, My Laird!" Er schien zu überlegen, wo er war.

„Wir hatten doch … war es nicht eben noch dunkel! Ein Gewitter? Da waren doch Lichtblitze! Sind die Sicherungen herausgesprungen?"

„Beruhigen Sie sich! Sie hatten einen Schwächeanfall!"

„Schwächeanfall . . ." wiederholte der Earl so, als würde er die Bedeutung der Worte nicht verstehen.

„Ich werde Sie in Ihr Schlafzimmer bringen, My Laird! Soll ich den Doc verständigen?" Der Adelige saß apathisch und geistesabwesend vor ihm und wiederholte dessen Worte.

Dann schien er sich plötzlich wieder zu erinnern. „Da!" rief er und zeigte auf den leeren Sessel am Fenster. „Da saß sie! Was will die von mir?" „My Laird, Sie sind überarbeitet. Ich werde Dr. Mortimer anrufen, damit er Sie untersucht. Ich kann nicht verantworten, dass Sie einfach so ins Bett gehen, als wäre nichts geschehen!" Er ging zum Telefonapparat und hob den Hörer ab, als Sean aufstand und zum Fenster taumelte.

„Nass! Alles nass und dreckig! Sie ist aus dem sumpfigen muir gekommen und verschmutzt mein Mobiliar!"

„My Laird! Niemand ist aus dem muir gekommen! Setzen Sie sich bitte! Dr. Mortimer wird bald hier sein!"

Während der Earl mir gesenkten Kopf zum Sessel schleppte, wandte sich Henry ab und ging zum Fenster. Akribisch schaute er sich die Polsterung des Lehnstuhls an. Kein Dreck! Keine Feuchtigkeit! Den Earl musste es schlimm erwischt haben, dass er so grausame Alpträume hatte und einen so verwirrten Eindruck machte. Wahrscheinlich halluzinierte er in einem Fieberwahn! Anders konnte man sein Verhalten nicht erklären.

Konnte man es wirklich nicht erklären?

Kam das Unterbewusstsein des edlen Herrn nicht mit seinen Taten zurecht? Jetzt holte ihn die Vergangenheit ein!

Aber wer sollte das wissen? Vielleicht überkam ihn jetzt doch noch so etwas wie ein Schuldgefühl.

„Er braucht absolute Ruhe! Sorgen Sie dafür, dass er im Bett bleibt und seine Tabletten regelmäßig einnimmt. Ich werde Morgen wiederkommen und nach ihm sehen." Henry brachte Dr. Mortimer zurück zur Tür. Ausführlich hatte er den Earl untersucht und ihm dann ein starkes Schlafmittel gegeben. „Er ist körperlich völlig gesund. Ich verstehe das nicht. Er hat auch kein Fieber. Ich weiß nicht, was ihn beschäftigt und warum ihn solche Gedanken quälen." Henry zuckte ratlos mit der Schulter. „Gute Nacht, Doc. Und nochmal vielen Dank, dass Sie so schnell kommen konnten!"

Henry schloss die Haustür und ging zurück. Er hatte sich im Gästezimmer einquartiert, das direkt neben dem Schlafzimmer des Earls lag. Beide Türen ließ er in der Nacht offenstehen, damit er schnell reagieren konnte, sollten seine Dienste erforderlich sein.

Und sie waren es!

Plötzlich schrie der Earl laut auf. Henry sprang aus dem Bett und rannte über den Flur. Die Standuhr in der Diele zeigte ihm an, dass er gerade einmal zwei Stunden geschlafen hatte, seitdem der Doktor das Castle verlassen hatte.

Sean saß aufrecht im Bett. Das seidene Nachthemd klebte völlig durchnässt an seinem Körper. Die langen, grauen Haarsträhnen hingen wie eine Gardine vor seinen Augen. Er starrte unentwegt auf die gegenüberliegende Wand.

Als er Henry sah, flüsterte er ihm zu: „Packen Sie das Weib und schmeißen Sie es zurück in den muir, zu den anderen, wo sie hingehört!" Henry blieb in der Tür stehen und sein Blick folgte dem ausgestreckten Zeigefinger, der gegen die weiße Wand zeigte. Da war nichts! Kein Bild, keine Frau! Der Earl war alleine in seinem Zimmer.

Der Butler atmete ruhig und tief durch. Hoffentlich würden diese Wahnvorstellungen bald ein Ende haben. „My Laird! Sie haben einfach nur schlecht geträumt!"

Mit eiskalten Augen schaute ihn der Earl jetzt an. So kannte er den Adeligen nicht, der sich langsam zur Seite aus dem Bett reckte und mit einer schnellen Bewegung einen Pantoffel nahm und mit Wucht zur Tür schleuderte. „Raus!" schrie der Earl.

„Wenn Sie mir schon nicht helfen wollen, das dämliche Weib hier wegzuholen und ihr den Zugang zum Castle verbieten, so will ich Sie hier auch nicht mehr sehen! Raus!"

Wieder starrte er gegen die weisse Wand und schien jetzt mit dem nicht vorhandenen Wesen zu sprechen. Leise flüsterte er: „Es tut mir leid, aber es musste doch sein!" Heller Schaum bildete sich in seinen Mundwinkeln und Speichel tropfte auf seine Brust. Dann wirbelten seine Arme wild in der Luft, als wollte er Insekten abwehren. „Weg!" sagte er dabei. „Weg!"

Henry zog sich leise wieder zurück, nahm sein mobiles Telefon und ging in die untere Etage. An Schlaf war sowieso nicht mehr zu denken. Er legte die Visitenkarte vor sich auf den Tisch und wählte die Nummer, die darauf vermerkt war.

„Ja, ich bin`s!" Er nickte und sprach dann weiter: „Ich weiß, wie spät, oder besser gesagt, wie früh es ist!" Wieder nickte er. „Na, also lange kann ich das nicht mehr durchhalten. Geben Sie mir einen Rat!" Der Teilnehmer, mit dem er sprach, schien beruhigend auf ihn einwirken zu können, denn endlich kam der Anflug eines Lächelns auf sein Gesicht.

„O.K. Aber Sie tragen die Verantwortung!" Geduldig hörte er sich den Vortrag an, den sein Gesprächspartner ihm nun mitteilte. „Vielen Dank und bis zum nächsten Mal. Ich hoffe, dass wir bald zum Erfolg kommen!"

Was war passiert und wie konnte es soweit kommen?

Sechs Monate vorher

Es war Mary, die junge Nichte des Earls, die er mit einem Spaten niedergeschlagen hatte. Sie lebte jedoch noch, als der Wahnsinnige sie im Sumpfgebiet hinter dem Castle zurückgelassen hatte. Sie war nicht, wie ihre gesamte Habe und die Kleidung, glucksend im schwarzen muir untergegangen.
Zunächst war sie ohnmächtig auf dem Rücken liegend auf einem Grasbüschel hängengeblieben. Als sie dann endlich nach längerer Zeit unterkühlt wieder zu sich kam, war sie sich ihrer lebensgefährlichen Lage bei weitem nicht annähernd bewusst. Hilfesuchend versuchte sie zuerst, zu rufen, jemanden in dieser Einöde auf sich aufmerksam zu machen. . . . aber Stunden verrannen und nichts geschah. Lediglich ein paar Frösche und ähnliches Getier versuchten, auf ihr einen trockenen Ruheplatz zu finden. Ekel erregend hatte sie versucht, sich zu schütteln und von den Sumpfbewohnern zu befreien.
Es hatte lange gedauert, bis sie endlich festen Grund unter ihren Füßen spürte. Noch länger, bis sie sich an den festen Grasbüscheln herausgezogen und erschöpft einen Trampelpfad aus dieser unwirklichen Landschaft gefunden hatte.
In dieser Nacht hörte Mc Gow, der Schmied, der am anderen Ende des Moors wohnte, ein nicht zu definierendes Geräusch. Ihm gehörte das Haus und die Werkstatt schon in der vierten Generation. Hier, in Sichtweite des „Devil`s Inn“.
Nur über einen künstlich angelegten Steinweg war sein Anwesen zu erreichen, umgeben von dem weiten Moorgebiet. Deshalb verirrte sich hierher auch keiner, denn nur die Gebäude und ein Teil des umgebenden Gartens standen auf festem Grund. Also, wer sollte sich in dieser stockdunklen Nacht hierher verirrt haben? Die Moorhühner und Vögel, die auf der Durchreise in südliche Gefilde hier Schutz suchten und eine Pause vor dem langen Weiterflug einlegten, schliefen.

Mc Gow stand auf, ging zum Fenster und öffnete beide Flügel. Er starrte in die Dunkelheit und lauschte angespannt. Doch außer dem vertrauten Quaken der allgegenwärtigen Frösche und Unken, hörte er keine verdächtigen Geräusche. Gerade wollte er das Fenster wieder schließen, als ein leises Wimmern, ein wehleidiges Seufzen an sein Ohr drang.

Jetzt war er hellwach! Er griff routiniert zu seiner Schrotflinte, die immer geladen neben seinem Bett stand, nahm die Taschenlampe und stieg die schmale Treppe herunter in seine Wohnstube. Schnell zog er seine Arbeitshose und eine Jacke über seinen Schlafanzug, schlüpfte in die Holzklumpen und öffnete die Tür zur angrenzenden Werkstatt. Das Gewehr hielt er locker in seiner rechten Armbeuge, während er jeden Winkel ausleuchtete. Da! Da war es wieder! Diesmal viel lauter und es kam von draußen. Er ging zur gegenüberliegenden Tür, die in den Hinterhof führte und drückte vorsichtig die Klinke herunter. Sofort sah er die verwahrloste Gestalt, die da hilflos am Schuppen lehnte. Als er sie anleuchtete, erschrak er, denn sie war kaum als menschliches Wesen zu erkennen. Erst beim näheren Hinsehen sah er, dass es sich wohl um eine Frau handeln musste, denn ihre zerrissene Bluse gab den nackten Oberkörper frei, der völlig nass und mit schwarzem Torf verschmiert war. Das Wesen saß völlig entkräftet und verstört hinter seiner Werkstatt. War sie ein Opfer von Tieren oder von einem Sittenstrolch geworden? Seine beiden Border Collies saßen neben ihr, sie schienen die junge Frau zu beschützen, die krampfhaft ein Bündel Haare und eine plastikähnliche Masse in ihrer Hand hielt. „Hallo, haben Sie Schmerzen?" Wie verhält man sich in so einem Fall? Was unternahm man und wie konnte er ihr helfen? Er redete, sprach sie an, versuchte mit ihr ins Gespräch zu kommen . . . . vergebens! Sie starrte mit weit aufgerissenen Augen völlig geistesabwesend auf den hell angestrahlten Giebel seiner Werkstatt. Der jetzt wolkenlose

Himmel ließ den Vollmond mit seiner ganzen Leuchtkraft auf diese unwirkliche Szenerie scheinen. Ein kurzes Überlegen und schnell hatte sich Mc Gow gefasst. Dringend müssten hier ein Krankenwagen und der Police Constable herkommen, damit er nicht womöglich in einen falschen Verdacht geraten würde.

Er wollte die Frau nicht anfassen, denn jede Annäherung schien ihm in der Situation falsch zu sein, hier waren Profis gefragt! Ohne sie aus den Augen zu lassen, griff er zu seinem tragbaren Telefon und wählte den Notruf. Es dauerte eine Ewigkeit, bis er der Zentrale in Spitta of Glenshee glaubhaft erklären konnte, was er hier bei sich gefunden hatte.

Lesly Nic Craig war am Telefon und sie kannte den Schmied. Sie musste den Wahrheitsgehalt seiner Aussage überprüfen, denn Mc Gow war für seine Vorliebe für Malt Whisky bekannt. Außerdem sprach er wirr und unverständlich von einer jungen Frau, die bei ihm im Hof saß. „Angus", beschwor sie den nächtlichen Störenfried, „wenn das ein Hirngespinst deiner Sauferei ist, so werden wir deine Schmiede verpfänden! Hast du das verstanden?"

Mc Gow war mit allem einverstanden, wenn bloß schnell jemand dieses arme Geschöpf hier abholen würde.

Nach einer vollen Stunde kamen drei Wagen langsam den Weg zu seinem Anwesen herunter. Angus Mc Gow hatte sich der Frau gegenübergesetzt und sie beobachtet. Nicht ein einziges Mal hatte sie sich bewegt, nur ihre Augenlider schien ihr schwer geworden zu sein, denn sie waren halb geschlossen und ihr Kopf hatte sich auf ihre Brust gesenkt.

Als sie das knirschende Geräusch der Autoreifen auf dem Schotterweg hörte, war sie wieder hellwach und starrte unverändert ins Nichts. Seine Hunde horchten auf und knurrten, als die Motoren verstummt waren und nur noch das rotierende Blaulicht an den Gebäuden vorbeihuschte.

„Hierher!" rief Angus, „ich bin im Hof!"

Vorsichtig kamen drei Bobbys und der diensthabende Constable auf ihn zu. Begleitet wurden sie von zwei Sanitätern, die eine Trage bei sich hatten.

„Awa!" entfuhr es dem erstaunten Constable. „Help ma bob! Was ist das?" Angus stand auf, heilfroh, dass der armen Seele nun endlich geholfen werden konnte. „Ich wurde von ihr und den Hunden geweckt! Ich kann euch nicht sagen, wie die hierhergekommen ist!"

„Aye, Angus! Ich glaube dir. Ruf die Hunde zurück!"

Mc Gow pfiff, beide Vierbeiner standen auf und schlichen zu ihm. Der Constable beugte sich zu der Frau herunter: „Ma'am?" Mc Gow mischte sich ein: „Das nützt nichts! Sie redet nicht, ist nicht ansprechbar, sie muss ins Hospital!" Der begleitende Arzt näherte sich ihr, aber sie nahm von ihm keine Notiz. Selbst als er ihr vorsichtig den Puls fühlte und eine Spritze aufzog, veränderte sie ihre Sitzhaltung nicht einen Millimeter. Sie schien ihre Umwelt nicht wahrzunehmen. Erst als sie die Wirkung des Medikaments verspürte und ihre Willenskraft erlahmte, kamen unverständliche Wortfetzen über ihre Lippen, bevor sie sanft in die Arme der Sanitäter rutschte. Mit der Trage wurde sie in den Krankenwagen geschoben, der Arzt und ein Sani stiegen zu ihr und vorsichtig drehten sie das Fahrzeug auf dem Hof und fuhren den schmalen Schotterweg zurück, um nach gut drei Meilen auf die B 951 abzubiegen.

„Wo bringt man sie jetzt hin?" wollte Angus wissen und der Constable antwortete sofort: „Ich hab mit dem Doc gesprochen, auch der wusste noch keine Antwort darauf, denn das wird man im Hospital in Pitlochry entscheiden müssen. Ihr Fall scheint schwierig, da sie sich anscheinend an nichts erinnern kann. Wir haben für solche Fälle eine gut ausgestattete Klinik in Dundee." Er nahm seinen Notizblock und einen Schreibstift und schaute Angus erwartungsvoll an: „Nun zu dir, erzähl genau, was du weißt und wann du sie gefunden hast!"

Criminal Investigation Department in Glenshee

„Hast du von der Frau gehört?" Ian Blackville kam am Morgen ins Büro und ging ohne Gruß sofort zu seinem Chief, der vom Schreibtisch aufsah und ihn unverständlich ansah.

„Wie? Wer?" Er war gerade in den aktuellen Fall vertieft und hatte nur verstanden, dass ihm sein Assistent eine Frage stellte.

„Na, die junge Frau, die aus heiterem Himmel plötzlich nachts im Hof von Angus saß." Jetzt horchte Carpenter auf.

„Und was weiter? War sie verletzt? Vergewaltigt? Was weißt du davon und woher?"

„Nichts weiter. Ich dachte nur, dass es für uns interessant sein könnte, denn schließlich liegt seine Schmiede mitten im muir, auf der anderen Seite von Castle Glenavon. Ist doch seltsam, oder nicht? Sie kam aus dem Nichts! Spricht nicht, keiner weiß wie sie heißt, woher sie kam, ja ich habe gestern sogar alle Vermisstenanzeigen durchwühlt – nichts!"

„Das ist wirklich merkwürdig. Was sagen denn die Leute, die sie gefunden haben?"

„Angus konnte nichts dazu sagen, die Ärzte in Dundee haben sie in der Intensivstation aufgenommen, sie hat eine . . . Moment, gleich hab ich es." Er nahm seinen Block und blätterte darin: „Hier! Ich hab es notiert: Retrograde Amnesie!"

„Und was bedeutet das?" „Es bedeutet nach Aussage des leitenden Arztes einen vorübergehenden Gedächtnisverlust. Wodurch und wie lange der anhält, das weiß man noch nicht, denn sie reagiert auf ihre Umwelt nicht. Sie liegt apathisch in ihrem Bett, wird gefüttert und überwacht. Sie bekommt starke Medikamente gegen ihre Alpträume. Soweit ist man mit den Untersuchungen zumindest schon gekommen. Wenn die Wirkung ihrer Tabletten nachlässt, fängt sie an, unruhig zu werden, dann schlägt sie um sich und fängt tierisch an zu schreien!"

„Sie wird Schlimmes erlebt haben, zweifellos. Aber wieso erzählst du mir das alles? Gehört das in unseren Aufgabenbereich? Meinst du, sie wäre in ein Verbrechen verwickelt?" Ian klappte seinen Notizblock zu und steckte ihn ein. Dann setzte er sich unaufgefordert dem Chief gegenüber. „Bauchgefühl!" sagte er. „Da stimmt etwas nicht!"

„Wer sagt das? Ein Crime Assistent, der mit seinem früheren Chief zusammen der gleichen Meinung war, dass es Dinge in den Highlands gibt, die man einfach so hinnehmen müsste? Ihr seid doch der Meinung, dass hier Sachen geschehen, die man akzeptieren sollte, sonst … wie hatte sich Hamish ausgedrückt? Ach so, ja, sonst würde ich nicht hierher gehören. Also jetzt lass den Quatsch! Bekümmert es dich, weil sie eine Frau ist? Bist du persönlich davon betroffen? Nein! Also halt deine Füße still und wenn du unbedingt willst, dann erkundige dich ab und zu nach ihrem Zustand. Und jetzt geh an die Arbeit, wir wissen immer noch nicht, wer für die Körperverletzung an der A 93 verantwortlich ist!"

„Sie sieht gut aus! Verdammt gut. Und es ist ein Trauerspiel!" Carpenter kannte seinen Assistenten nun schon ein ganzes Jahr und er wusste von ihm, dass er keine feste Freundin hatte.

„Du warst bei ihr?" Ian sengte den Kopf: „Ich konnte nicht anders. Georg hat es mir gesagt, beim Ceilidh im Devil`s Inn!"

„Georg? Welcher Georg?" „Na der Sanitäter, der dabei war! Er meint, dass sie aus dem muir gekommen sein musste!"

„Und wie kam er darauf?" „Na, weil ihre Bluse und ihr Rock mit Gras und Algen verschmiert und mit abgestandenem Wasser und Torfresten durchtränkt waren!" Carpenter atmete tief durch: „Nun gut, du gibst ja sonst keine Ruhe! Also, kümmere dich darum, aber nicht während der Dienstzeit! Sobald du mehr erfährst, werden wir offiziell tätig werden. Und jetzt ist aber Schluss damit! Ich will erst wieder mit dir darüber reden, wenn es neue Erkenntnisse gibt!"

Glenavon Castle (Gegenwart)

Die Ereignisse überschlugen sich. Henry fühlte sich der Lage nicht mehr gewachsen, selbst die neue Köchin, eine Bekannte des alten Earls sah die neue Entwicklung mit größter Sorge.

Das Nebengebäude bis auf weiteres für Besucher geschlossen. Dadurch kamen natürlich auch keine Einnahmen mehr herein, die beiden Angestellten, wie auch der Gärtner hatten nun schon seit Monaten kein Gehalt mehr bekommen und man konnte es ihnen nicht verdenken, dass sie ihren Job nur noch widerwillig und halbherzig ausführten.

Der Earl weigerte sich standhaft, das Castle zu verlassen. Er ereiferte sich sogar, wenn Dr. Mortimer vorsichtig versuchte, ihm endlich klar zu machen, dass es einen Grund „dafür" geben müsste. Das „dafür" bezeichnete den neurologischen Zustand des Hausherrn, der fast täglich Stimmen hörte und irgendwelche Menschen in seinen Gemächern sah.

Scheinbar war er es alleine, der sowohl die Geräusche, wie auch die Visionen wahrnahm.

Er geisterte nachts durch die Räume, lachte wirr und führte Selbstgespräche. Dann kam es endlich zu einem spektakulären Vorfall, der das Ganze beenden sollte.

Es war eines Abends, als ihm Henry das supper auftischte.

„Ich hab`s gemacht! Ich ganz alleine und niemand weiß es!" kicherte der Earl leise vor sich hin.

„My Laird?" Henry legte seine Hände auf den Rücken und beugte sich zu ihm, denn er konnte kaum etwas verstehen.

„Sie sind hier! Allesamt!" sagte er und legte seinen Zeigefinger auf den Mund. „Aber sie werden es nicht schaffen, mich hier wieder wegzubekommen! Dafür habe ich zuviel investiert."

„My Laird, ich verstehe Sie nicht. Was wollen Sie mir sagen?" Nun schien der Earl aus einer Starre zu erwachen und schrie ihn an: „Sie wollen mich ausfragen! Genau wie Mortimer!"

„Gehen Sie, Henry! Ich will nicht mehr gestört werden!"

Der Butler verbeugte sich und ging zur Tür.

Als Sean Leyster – Glenavon, der augenblickliche Earl of Glenavon Castle gerade einen Schluck Rotwein zu sich nehmen wollte, stand plötzlich Henry wieder neben ihm.

Bald hätte sich der Adelige verschluckt. „Sie schon wieder? Ich hatte Ihnen doch gesagt, dass ich . . ."

„Wir haben nächtlichen Besuch, My Laird!" Ohne eine Antwort abzuwarten, drehte er sich zur Tür, öffnete sie und eine junge Lady kam herein und ging erstaunt auf ihn zu.

„Ich dachte, Onkel Fitzgerald anzutreffen. Wer sind Sie denn?" Der Earl erstarrte und schaute die Frau entsetzt an. Er war nicht in der Lage, etwas zu sagen.

„Sie kommen mir bekannt vor. Sind Sie nicht Douglas? Der Bruder des Earls?" Sie ging um den Tisch herum und schüttelte den Kopf. „Nein, der war älter, obwohl eine Ähnlichkeit. . . . . " Kalter Schweiß brach dem adeligen Mann aus allen Poren. Er war unfähig, sich zu bewegen. Stand doch da wahrhaftig und in persona sein Trugbild vor ihm, das ihm den Schlaf geraubt und ihn in den Wahnsinn getrieben hatte.

„Ma. . . .Mary!" entfuhr es ihm. „Aber du bist doch im muir!"

„Oh, da war ich! Das ist wahr, aber es ist ziemlich kalt dort! Und du kannst mir glauben, auch sehr, sehr nass!"

„Ich, ich musste das tun! Verzeih mir!" Er schloss die Augen und hoffte, dass dieser Alptraum bald zu Ende sein würde.

„Du bist ein, verzeih mir den Ausdruck, du bist ein armseliges Schwein! Ein Erbschleicher, der mit allen Mitteln versuchte und wohl geschafft hat, seine gesamte Umwelt zu täuschen! Du kannst deine Augen wieder aufmachen, ich lebe noch!"

Er blinzelte und sah mehrere Menschen vor dem Tisch stehen. Mary stand in der Mitte. Neben ihr waren Inspector Carpenter, Ian Blackville, Dr. Mortimer, die beiden Sanitäter, die Mary versorgt hatten, der Constable und Henry, der auf ihn zukam.

Er hielt einen schwarzen Kasten im Arm, stellte ihn auf den Tisch und dämmte die Beleuchtung. Dann schaltete er den Beamer ein, der geräuschlos ein düsteres Bild von Mary an die gegenüber liegende Wand warf.

„Verstehen Sie jetzt?" sagte der Chief Inspector. „Sie hätten niemals ihre schändlichen Taten eingestanden!"

Die Vorbereitungen, die letztendlich dazu geführt hatten, dass sie den Landlaird in diese ausweglose Situation bekamen, war nur der Mithilfe seiner Angestellten zu verdanken. In erster Linie war es Henry gewesen, der die aufgenommenen Bilder mit versteckten Projektoren an die Wände warf, über Lautsprecher Geräusche übertrug und so mit Hilfe der Crime Police allmählich das Netz immer enger spannte. Dr. Mortimer hatte seinem Patienten entsprechende, gerade noch von ihm zu vertretende Medikamente verabreicht, die den verwirrenden Zustand des Earls noch verstärkten.

„Es wäre nichts geschehen, wäre Mary nicht unverhofft eines Tages schwer verletzt aufgetaucht!" fuhr Carpenter mit seiner Erklärung fort: „Als sich dann von ihrer zeitlich begrenzten Amnesie geheilt war und sie sich wieder an vieles erinnern konnte, war sie sofort damit einverstanden, mit der Polizei zusammen zu arbeiten und sich auf diese Weise an Ihnen zu rächen. Es ist aus, My Laird! Sie sind die längste Zeit hier Hausherr gewesen, denn in Edinburgh wartet das Gefängnis! Jammerschade ist nur, dass wir die Todesstrafe abgeschafft haben! Constable, tun Sie Ihre Pflicht!"

Der Angesprochene nahm die Handschellen, die er in einem kleinen Lederetui am Gürtel trug und kam zum Tisch.

„Sean Leyster – Glenavon! Im Namen des Gesetzes nehme ich Sie hiermit vorläufig fest. Sie haben das Recht zu schweigen und einen Anwalt anzurufen!"

Mit einem gewaltigen Kraftakt sprang der Earl auf, lachte wirr und rannte zum Fenster. Bevor ihn einer aufhalten konnte, hatte er die beiden Flügel geöffnet, drehte sich noch einmal um und brüllte: „Ihr könnt mich nicht verhaften! Ich bin unsterblich!" Dann verschwand er hinter der flatternden Gardine und als die Männer zum Fenster kamen, sahen sie im schwachen Licht der Hoflaterne den völlig verdrehten, zerschmetterten Körper des Earls, der sich auf diese Weise der lebenslang zu erwartenden Haftstrafe entzogen hatte.

Mary musste mit Engelszungen überredet werden, nun als letzte Überlebende das vakante Erbe anzutreten.
Sergeant Ian Blackville hatte sehr häufig im Castle zu tun und die Moorhühner pfiffen es bald von allen Dächern: Mary und der junge Crime Police Assistent waren ein Liebespaar.
Carpenter ging als Chief Inspector zurück nach Edinburgh und Ian übernahm die Außenstelle des Criminal Investigation Departments in Spittal of Glenshee.
Er wohnt jetzt zusammen mit seiner Braut im Castle. Sie trägt nun den Titel: Countess Mary Nic Glenavon, Earl of Glenavon.
Ian Blackville, in die Adelskreise eingeheiratet, wurde nun zum „Sir Ian" und der Supervisor hat ihn zum Inspector befördert.
Das Castle ist wieder für Besucher geöffnet … nur der Diabhol, der immer für alles verantwortlich gewesen sein soll, der wird nun nicht mehr hier vermutet.
Der gesamte Park wurde umgestaltet und das anrüchige Gebäude, in dem er gehaust haben soll und in dem alle Ereignisse seinen Anfang nahmen, wurde abgerissen.
Hier legte man eine große Teichanlage mit Springbrunnen an und aus dem düsteren Gelände entstand ein Lustgarten für Gäste, Bewohner und jedermann, der die Gegend in den Highlands zu schätzen wusste.

Autor Roman Schmidt:
(teilweise auch als E-Book erhältlich)

Die weisse Traumkatze 1. + 2. Teil
ISBN 9783 73473 5301
Die weisse Traumkatze Band 2
ISBN 9783 84480 5970
Roman`s Mittelalter Band 1
ISBN 9783 84480 6144
Roman`s Mittelalter Band 2
ISBN 9783 84480 6205
ZWÖLF MAL ROMAN ... plus X
ISBN 9783 84480 5499
Ron`s Krimis 1 + 2
ISBN 9783 84480 5826
Geheimnisvolles Familienerbe
ISBN 9783 73473 8104
Secreto... Ein mittelelterliches Geheimnis
ISBN 9783 74483 4940

Autor: Ron Mc Gobha

Morde sind nicht einfach
ISBN 9783 84480 6335
auch als E–Book

Bezugsquelle:
Verlag:
B.o.D. Books on Demand Norderstedt
oder alle bekannten Buchhandlungen sowie Internetversand

Der 1947 geborene **Autor Roman Schmidt** hat mehrere Mittelaltergeschichten und Krimis veröffentlicht.
Diesen mystischen Roman schrieb er unter dem Pseudonym **Ron Mc Gobha**.

Es geht, noch zu Lebzeiten des Besitzers, um den intriganten Streit, wer von den zahlreichen Nachkommen die Ländereien und das Castle bekommen werden. Der kinderlos gebliebene Earl in den schottischen Highlands ahnt davon nichts, zunächst jedenfalls. Dann verschwinden die potentiellen Erben der Reihe nach spurlos…
Ob wirklich dahinter der viel beschworene Teufel der Highlands, dieser Diabhol as Gaidhealtachd steckt, den noch nie jemand zu Gesicht bekommen hatte??